KB274374

장진영 新무협 판타지 소설
FANTASTIC ORIENTAL HEROES

무림군자 4

장진영 新무협 판타지 소설

초판 1쇄 찍은 날 § 2010년 4월 2일
초판 1쇄 펴낸 날 § 2010년 4월 9일

지은이 § 장진영
펴낸이 § 서경석

편집장 § 문혜영
편집책임 § 서지현

펴낸곳 § 도서출판 청어람
등록번호 § 제1081-1-89호
등록일자 § 1999. 5. 31
어람번호 § 제2-1912호

주소 § 경기도 부천시 원미구 심곡2동 163-2 서경B/D 3F (우) 420-822
전화 § 032-656-4452 팩스 § 032-656-4453
http://www.chungeoram.com
E-mail § chungeoram@chungeoram.com

ⓒ 장진영, 2010

ISBN 978-89-251-2140-6 04810
ISBN 978-89-251-2044-7 (세트)

4

야랑(夜郎)

武林君子

무림군자

FANTASTIC ORIENTAL HEROES

장진영 新무협 판타지 소설

目次

第一章

막아서는 자들

막아서는 자들

武林
君子
무림군자

쏴아아!

바람이 불어온다.

계곡을 흐른 바람은 산오름을 타고 무당산 전체를 휘감는
다.

휘돈 바람이 작은 회오리를 만들며 먼지를 피워 올리고 해
검지에서 죽어간 걸개들의 시신을 위로하듯 쓸쓸히 가라앉았
다.

팔기군의 수천 군세와 마주한 검룡.

그는 적생의 몸을 끌어안은 채 결개들과 무장들의 피로 물든 대지에 자신의 검을 한 뼘이나 박아 넣었다.

검격에 해어진 도포 자락이 선혈에 물든 채 바람에 휘날렸지만 핏발이 곤두선 그의 눈에서는 여전히 범접할 수 없는 안광이 흘렀다.

혈인이 되어 비틀거릴지언정 그에게서 뿜어져 나오는 오연한 기세는 탑리격과 그의 군세를 감히 나서지 못하게 할 만큼이나 강렬했다.

당장 쓰러져 정신을 잃어도 이상할 게 없었지만 그는 오히려 당당하게 어깨를 폈다.

“음…….”

탑리격의 입에서 신음성이 흘러나왔다.

주위를 둘러보니 미추홀의 검격에 당한 수하들이 팔다리가 부러진 채 쓰러져 있었다. 목숨을 빼앗지 않고도 그들을 막아내었다는 것은 더욱더 그가 가진 힘이 대단하다는 것을 의미했다.

탑리격은 진심으로 감탄했다.

무인이라는 자들에 대한 편견을 가지고 있었던 것도 사실이다.

홀로 수천의 군세에 맞서는 미추홀의 모습은 그가 내달렸던 전장 어디에서도 본 적이 없을 만큼 전율이 돋게 했다.

한 사람의 군인이기 이전에 그 또한 무장이고 무인이었다.

"굉장한 놈이군."

탑리격은 진심으로 감탄했다.

"어찌할까요?"

부장이 미추홀을 곁눈질하며 묻는다.

잠시 고민하던 탑리격이 일반적인 공격으로는 기세를 뒤엎을 수 없다는 사실을 깨닫고 무거워진 음성으로 말했다.

"쇠뇌를 준비하라."

"쇠뇌입니까? 알겠습니다."

지쳐 보이는 미추홀이었지만, 지금 상황에서 더 이상의 진군은 무리였다.

전투에 있어서 가장 중요한 것은 기세 싸움이다.

이미 기세에 밀린 싸움이었다.

전력으로 밀어붙인다면 단 한 사람에 불과한 미추홀과 더불어 무당산에 모인 무인 전체를 쓸어버리지 못할 리 없다는 것을 잘 알고 있었다.

하지만 그러기에는 감수해야 할 피해가 너무도 크다는 것도 알고 있었다. 비록 혼자일지언정 미추홀은 정련된 무장 일백 이상의 힘을 보이고 있었다.

'일단은 기세를 꺾어야 해.'

철컥!

거대한 쇠뇌가 미추홀을 노리며 시위에 두 사람이 들어야 할 만큼 무거운 철시가 올랐다.

“조준!”

불과 십여 장밖에 되지 않는 거리.

쇠뇌의 파괴력은 삼백 보 밖의 인마도 꿰뚫는다. 하물며 십 장 밖의 표적인 그가 지친 몸으로 쇠뇌를 막는다는 것은 불가능했다.

하지만 어느 누구도 표적이 된 미추홀을 꿰뚫을 것이라 장담하지 못했다. 모두의 머릿속에는 ‘저 괴물 같은 놈은 분명 막을 것이다’ 라는 의심이 생겨나 있었다.

탑리격이 쇠뇌를 쏘려는 것은 그의 상태를 살피기 위함이다.

막아내도 어쩔 수가 없었다.

만약 그가 조금이라도 약해져 있다면 자신의 검이 친절히 그의 목을 베고 지나가리라.

찌이이이.

팽팽하게 당겨진 시위가 끊어질 듯한 소음을 만들어낸다.

‘쇠뇌? 힘을 시험함인가? 팔도 들기 힘든데…….’

미추홀의 얼굴이 찡그려졌다.

“발사!”

쐐애액!

튕겨진 쇠뇌가 쏘아짐과 동시에 미추홀의 면전을 향해 순식간에 가까워졌다.

미추홀이 어금니를 깨물며 검을 뽑아 휘둘렀다.

몸에 쌓인 피로로 다리가 떨리는 상황에서, 적생을 안고 쇠뇌를 피해낼 만큼의 내공은 그에게 더 이상 남아 있지 않았기 때문이다.

까앙!

검격에 부딪친 쇠뇌가 반으로 꺾인 채 바닥으로 떨어졌다.

"……."

그 모습에 무장들이 고개를 절레절레 흔들며 웅성거렸다.

설마 아직도 저런 힘이 남아 있단 말인가?

하지만 그들의 놀람과는 달리 미추홀의 인상이 급격히 굳었다.

'제길, 손아귀가 찢어질 것 같군.'

언뜻 보기에는 막은 것 같았지만, 그는 적생을 안은 채 바닥에 끌린 자국을 남기며 원래 있던 곳에서부터 한 자나 밀려나갔다.

목울대로 핏물이 넘어왔지만 미추홀은 조금도 흔들리지 않았다.

기세에서 밀릴 수는 없었기에 도리어 허세를 부리듯이 검을 움켜쥐고 탑리격을 쏘아보았다.

하지만 그것만으로 탑리격에게는 충분했다.

처음 전투에 임했던 모습과는 확연히 달라진 때문이었다.

'놈, 힘이 다했구나.'

탑리격의 눈이 가늘어진다.

“부장!”

“예, 장군!”

“쇠뇌를 준비하라.”

“예?”

“이번엔 두 대를 싣는다.”

“존명!”

탑리격의 말에 부장은 더 이상 반문하지 않고 또 다른 쇠뇌를 준비했다. 첫 번째 것이 가정이었다면 두 번째 쇠뇌는 확인이었다.

찌이익!

동시에 두 대의 쇠뇌가 시위에 당겨진다.

“발사!”

피핑! 쐐애애액!

공기를 가르며 미추홀의 양쪽에서 쇠뇌가 날았다.

쇠뇌가 준비되는 순간부터 얼굴을 굳힌 미추홀이 어금니를 깨물며 공력을 일으켰다.

“으하합!”

기합성과 함께 그의 검에서 푸른 아지랑이가 합쳐지며 검강이 만들어진다.

까— 까강!

두 대의 쇠뇌는 그 파괴력을 발휘하지 못하고 반으로 꺾여 바닥으로 떨어진다.

“저런!”

무장들이 이 거짓말 같은 상황에 혀를 내둘렀다.

“쿨럭!”

하지만 미추홀은 더 이상 평정을 유지하지 못하고 핏물을 토해내었다.

“흐흐, 역시…….”

탑리격은 그 모습을 보며 입꼬리를 말아 올렸다. 아무리 강한 무인이라 하더라도 분명 그 힘은 끝이 있을 터다.

스르룽.

탑리격은 말없이 미추홀을 향해 다가가며 검을 뽑아 들었다.

“뛰어난 그대의 실력에 감탄했다. 하나, 살려둘 수는 없는 일이 아니겠는가? 무인으로서 깨끗한 죽음을 마주하게 해주겠다.”

하늘로 검을 치켜든 탑리격은 일격으로 미추홀의 목을 베려 했다.

어떻게든 피해야 했으나 최악의 상태로 두 번이나 급격히 공력을 끌어올려 쇠뇌를 막아낸 미추홀에게는 더 이상 내공이 남아 있지 않았고, 찢어진 손아귀는 검을 쥘 힘을 용납하지 않았다.

“제길…….”

"저, 저런… 검룡이……."

산문 위에서 지켜보던 법혜 선사를 비롯한 정파의 고수들은 동료의 죽음 앞에서도 차마 나서지 못한 채 주먹만 움켜쥘 뿐이었다.

그렇다고 한 사람의 목숨과 문파의 생존을 바꿀 수는 없었다.

"그럼 잘 가거라!"

슈아악!

탑리격의 검이 포물선을 그리며 미추홀의 목을 향해 떨어져 내린다.

"멈춰라! 감히 누구의 허락을 받고 내 제자의 목을 거둔단 말인가!"

베였다 생각해도 무방하리만큼 탑리격의 검이 미추홀의 목에 떨어져 내리려는데 무당산 전체를 쩌렁쩌렁하게 울리는 목소리와 함께 선풍도골의 노도사가 쾌속하게 날아들었다.

꾸웅!

노도사가 떨어져 내리는 힘 그대로 있는 힘껏 지면을 밟자 산 전체가 진동하듯이 울렸다.

엄청난 진동파와 함께 대지가 요동치듯이 들끓어 거미줄과 같은 흔적이 만들어지고, 그 끝에 발목까지 땅에 묻은 채로 뒷짐을 지고 선 송학 도장이 보였다.

멀리서 미추홀의 위급을 본 순간 엄청난 속도로 내달려온 것이다.

피투성이가 된 자신의 제자와 그 품에 안긴 적생의 모습을 보고는 그의 얼굴이 잔뜩 일그러졌다.

"감히!"

그 분노는 곧장 탑리격을 향했다.

퍼엉!

도포의 소맷자락이 떨쳐지자 손이 닿지 않았음에도 탑리격이 끊어진 연처럼 튕겨 나갔다.

그가 아니면 감히 행할 수도 없는 절묘한 격공장이었다.

쿠당탕탕!

비명도 지르지 못한 탑리격이 십여 장이나 날라 바닥을 뒹굴며 떨어졌다.

"장군!"

부장을 비롯한 무장들이 급히 탑리격에게 다가갔다.

무쇠를 덧댄 철갑에 선명하게 남은 장인은 한 치나 되는 깊이였다. 탑리격은 흰자위를 드러낸 채 이미 정신을 잃고 있었다.

"서둘러 갑주를 벗겨라!"

갑주가 풀어지고, 무장들이 그의 상세를 살폈다.

"사, 살았습니다."

"다행이다. 장군을 서둘러 후방으로 모셔라! 어서!"

탑리격의 몸이 옮겨 나가자 부장이 이를 갈며 노도사를 잡아먹을 듯이 쏘아보았다.

"네놈은 누구냐! 도대체 뭐 하는 놈이냐!"

"놈? 어린놈이 예의를 제대로 배우지 못했구나!"

"뭐라고?"

송학 도장은 부장의 반말이 귀에 거슬렸는지 눈살을 찌푸렸다.

"네놈이 감히 남기군의 이좌를 무시하는 것인가!"

"버릇없는 놈. 쯧쯧. 네놈의 상관과 함께 가거라!"

슈우욱!

"뭐? 헉!"

혀를 차던 송학 도장이 한 발을 내딛어 무장의 코앞에 나타났다. 깜짝 놀란 무장이 물러나려 했으나 이미 그의 몸에 송학 도장의 일장이 닿았다.

펑!

"큭!"

짧은 비명성과 함께 부장이 튕겨 나가고, 그제야 반응한 무장들의 검이 순식간에 송학 도장을 향해 휘둘러졌다.

제법 적절한 반응 속도였으나 상대는 무림삼황 중 일인인 송학 도장이었다.

"버릇없는 놈들!"

까가가강!

짧은 질책과 함께 양 소매가 펄럭거리고 주위에 있던 무장들이 힘 한번 써보지 못하고 튕겨 나가 바닥을 뒹굴었다.

"죽어랏!"

핑! 또르륵.

무장 중 하나가 놀라 무의식중에 품속에서 작열탄을 던졌다.

"화탄인가?"

팟! 꽈광!

작열탄이 터져 나가며 삼 장여의 공간에 그 폭발력을 전달했다. 아무리 뛰어난 자라도 화탄의 폭발을 견딜 수는 없을 것이 분명했다.

미처 부상을 입고 피하지 못한 무장들의 몸이 갈가리 찢어지고, 갑주의 잔해와 살점이 사방으로 튀어나갔다.

"고얀 놈들……."

언제 피했는지 송학 도장은 미추홀과 적생의 곁에 서 있었다.

한 수에 탑리격이 쓰러지고 화탄에 의해 부장이 불귀의 객이 되어버리자 무장들 사이에서 동요가 일어났다.

미추홀에 의해 이미 반쯤 꺾였던 기세가 송학 도장으로 인해 완전히 무너져 버린 것이다. 군부의 핵심이자 뛰어난 무예를 지닌 무장들이었으나 송학 도장의 무위는 두려움 그 자체였다.

"쯧쯧."

송학 도장이 뒷짐을 지고 정무협의 무인들을 쳐다보며 혀를 찼다.

"소, 송학 도장."

"못난 자들. 정파라는 자존심마저 버렸더냐? 하는 꼬락서니들 하고는……."

따가운 질책에 모두가 그와 눈을 마주치지 못하고 고개를 숙이거나 시선을 피했다.

"한 장로 네 녀석마저… 쯧쯧, 어서 이리 내려오지 못하겠느냐!"

송학 도장의 시선에 일로검객과 화산파의 무인들이 움찔거리며 급히 뛰어내려 와 송학 도장 앞에 무릎을 꿇고 머리를 조아렸다.

"사문의 동기가 적들의 손에서 유린당하는데 보고만 있었더냐!"

송학 도장의 불호령이 떨어지자 화산파의 무인들은 아무 말도 하지 못하고 고개를 처박았다.

"쇠뇌다! 쇠뇌! 쇠뇌를 쏴라!"

그들의 광경을 보고 있던 무장 중 하나가 급히 소리를 지르자 겁에 질렸던 무장들이 마구잡이로 쇠뇌를 쏘아 올렸다.

핑! 쐐애애액!

수십 대의 철시(鐵矢)가 시위를 떠나며 송학 도장과 화산파의 제자들을 향해 날아갔다. 하지만 송학 도장은 신경조차 쓰지 않는다.

까가강! 까가가강!

막 쇠뇌가 송학 도장의 곁에 닿으려는데 그의 주위에서 무언가 아지랑이처럼 일렁이더니 쇠뇌가 보이지 않는 벽에 막힌 듯이 바닥에 떨어졌다.

"뭐, 뭐냐!"

송학 도장은 분명 움직이지도 않았는데 어찌 쇠뇌가 저절로 힘을 잃고 떨어진단 말인가?

"뭐냐니? 멍청한 놈들이구만. 클클."

비웃음과 함께 또 다른 노인이 송학 도장의 옆으로 사뿐히 내려앉았다.

송학 도장의 곁에서 일렁거렸던 아지랑이는 점차 하나의 형상을 만들었다.

그들은 모두가 검은 장포에 흑립을 쓰고 검으로 경계하듯이 팔기군과 마주 섰다.

"마… 마도지존!"

산문에 서 있던 법혜 선사가 경악하며 소리쳤다.

"오? 땡중인가? 오랜만이구만그래. 많이도 늙었어."

나타난 이들은 마도지존 양학명과 그의 호법들이었다.

꿀꺽.

삼황 중 둘이 무림에 나오다니, 법혜는 정신을 차릴 수가 없었다. 팔기군에 의해 정무협이 위기에 처한 것보다 더욱 놀라운 일이었다.

무려 이십 년이나 은거한 그들이 아닌가?

"네놈들도 제법 약해졌구만그래? 한때는 반청복명이니 뭐니 외치더니 고작 문파 하나 살려보겠다고 꼬리를 말고 있다니 말이야. 이럴 줄 알았으면 그와의 약속을 무시하고 무림 정벌이라도 할 걸 그랬어."

양학명은 비웃음이 가득한 얼굴로 정무협의 고수들을 쳐다보며 비아냥거리고는 팔기군을 향해 고개를 돌렸다.

뒷걸음질 치는 무장들 중 제법 직위가 있어 보이는 이를 향해 양학명이 낮은 목소리로 말했다.

"팔기군이라 했으니 황씨의 어린놈이 있을 터겠지? 데려오너라. 이 양학명이가 왔다 하면 귀찮더라도 오게 될 것이니."

마치 옆집 개새끼 부르듯 하는 양학명의 태도에 무장이 발끈했다.

"뭐라고! 놈! 감히 친황 폐하를!"

"갈!"

무장의 대꾸에 양학명의 고함 소리가 산을 진동하듯이 울려 퍼졌고, 엄청난 내공이 음파로 변해 사방으로 퍼져 나갔다.

산문에 모여 있던 무인들과 팔기군의 무장들은 그 소음을 이기지 못하고 비틀거렸다.

"모조리 죽여줄까! 원한다면 그리해 주마!"

양학명이 눈을 희번덕거리며 거리며 무장들을 향해 살기를 뿌려댔다. 범인(凡人)이라도 움찔거릴 만큼 강력한 기파인데 기감이 발달한 무장들이 그 살기 어린 기운을 느끼지 못할 리가 없었다.

목소리 하나만으로도 뒷걸음질 치게 할 만큼 강자라는 사실에 무장은 어찌해야 할지 감이 서질 않았다.

탑리격이 당한 이상 결정을 내려줄 누군가가 필요한 것은 사실이었다.

"머저리 같은 놈들. 그보다 거지 놈은 괜찮은가?"

양학명은 무장들에게서 이내 관심을 끊어버리고 적생의 안위를 묻는다. 미추홀의 상세를 살피던 송학 도장이 고개를 내저었다.

"원정지기에 손상을 입었어. 한참을 정양해야 할 게야. 쯧쯧, 못난 사람 같으니라고."

"음……."

송학 도장의 말에 양학명이 다가와 맥문을 짚었다.

"쯧쯧, 그러게 무슨 영화를 보겠다고 다시 무림에 나왔단 말인가?"

생명에 지장은 없었지만 적생의 몸 안은 완전히 부서져 있었다.

"일단 들어가시게. 이곳은 내가 정리하지."

"그리해 주겠는가?"

"음."

양학명의 대답에 송학 도장이 적생을 품에 안아 들었다.

"모두 따르거라!"

송학 도장은 탐탁지 못한 눈으로 화산의 제자들에게 말했다. 그의 시선에 고개조차 들지 못한 일로검객이 제자들에게 손짓해 미추홀을 부축하고 그 뒤를 따랐다.

천천히 산문에 오른 송학 도장의 걸음을 막아서는 이는 아무도 없었다. 그가 정파 최고의 검객이기도 했지만, 자신들의 행동에 대한 부끄러움 때문이기도 했다.

"쯧쯧, 낯부끄러운 줄은 아는 모양이지?"

송학 도장은 그들을 향해 일침을 가하는 것을 잊지 않았다.

무당산 아래.

황인욱의 군막 안에서는 무거운 침묵이 흘렀다.

두 번이나 해검지를 향해 출진한 탑리격이 가슴뼈가 부서지는 상처를 입고 돌아온 탓도 있었거니와 휘하의 부장에게 들은 말 때문이기도 했다.

'양학명… 그자가 와 있단 말인가? 젠장맞을……'

황인욱의 얼굴은 눈에 띄게 일그러져 있었다.

“후우!”

양학명과의 관계를 생각하니 어찌해야 할지 갈피를 잡을 수가 없었다.

양학명은 선대 황제와 지기로 지냈을 만큼 황가와 밀접한 관계를 가지고 있었다.

현 황제 역시 소싯적에 양학명을 숙부라 부르기도 했다.

하지만 척일도 시해 건에 관련된 이상 설사 양학명이라도 황명을 거스를 수 없음을 알고 있다.

문제는 이번 일에 자신이 연관있다는 것이다.

양학명이 나섰다면 잠자코 있던 신강의 괴물들이 움직일 수도 있다는 이유가 되는 것이다.

‘일단 만나봐야 하나?

황인욱이 턱 언저리를 쓸며 고민하는데 군막이 열리며 누군가 쏜살같이 뛰어들었다.

“오라버니!”

그녀는 후방을 지키라 보낸 홍기군장 황연화였다. 그녀의 등장에 황인욱의 얼굴이 더욱 일그러졌다.

“후방을 지키라 하지 않았더냐?”

황인욱이 핀잔을 주었으나 황연화는 전혀 신경 쓰지 않은 채로 자신의 할 말을 이어갔다.

“양 노사가 왔다면서요?”

“…….”

“어디에 있습니까?”

“뭐가 말이냐!”

“제가 듣지 못한 줄 아세요? 탑 장군이 양 노사에게 패하고 돌아왔다면서요!”

“쯧, 관심 가질 것 없다. 후방으로 돌아가라!”

“흥! 후방 따위… 양 노사가 왔다면 정면 돌파해도 승산이 없어요.”

“음……."

“제가 올라가 보겠어요.”

“연화야!”

“말리지 마세요. 제가 올라갈 것입니다.”

“큼.”

홍기장군 황연화는 밑도 끝도 없이 고집을 부리기 시작했다. 황인욱은 머리에 두통이 생기는지 인상을 찡그리고는 고개를 절레절레 흔들었다.

“용대!”

“예, 장군!”

“해검지로 올라간다. 준비하라!”

“예? 직접 가십니까?”

“못 들었나? 다시 말해줄까!”

수하의 되물음에 짜증 난 황인욱이 소리를 지르자 장용대는 급히 군례를 올리고 밖으로 나갔다.

"자네, 무장들과 싸워본 적은 있는가?"

"예?"

양학명이 무명에게 물었다.

"무장들과 싸워본 적이 있는가 물었네."

"아닙니다. 전혀 싸워본 적이 없습니다."

"어떤가? 해보겠는가? 군대는 개인전보다는 집단전과 난전에 능하지. 개개인 하나로 따진다면 열 명의 군졸이 한 명의 고수에게 상대가 될 수 없지만, 전투의 조건에선 다르지. 좋은 공부가 될 게야."

"하나……."

무명이 머뭇거리듯이 말꼬리를 흐렸다.

"왜, 무슨 문제라도 있는 것인가?"

"아닙니다."

"한번 해보게."

"예."

양학명은 어쩌면 전기봉에서 보여준 무명의 무공이 무장들과의 전투에서 어떤 모습으로 발현될지가 궁금했다. 하지만 무명으로서는 그다지 내키지 않았다.

모두 잊었다고 해도 팔기군은 가문의 원수였다. 딱히 나설 이유가 없기에 굳이 그들과 연관지어지고 싶지 않았다. 하나 양학명의 권유에 마지못해 수락을 한 것이다.

무명과 양학명이 이야기를 나누는 동안 한 떼의 군마가 진을 치고 있는 군세를 헤치고 나타났다.

그 중앙에는 황금색의 휘황찬란한 갑주를 입은 황인욱이 말 위에 앉아 있었다. 그가 나타나자 갑자기 무장들의 사기가 오르는 듯했다.

"오랜만입니다, 양 노사."

황인욱이 먼저 인사를 해온다.

"오랜만이군. 아니, 존대를 해야 하나? 이제는 친왕이라 불린다지?"

"……."

양학명이 약간 비아냥거리며 말하자 황인욱의 얼굴이 조금 찡그려졌다.

"선대가 데려왔을 때만 해도 코흘리개 꼬마이던 놈이 제법 컸구나."

"양 노사! 말을 삼가시오!"

"응? 아, 오냐. 그래야지. 신분이 달라진 게지? 그래, 무릎을 꿇고 절이라도 할까?"

"양 노사!"

"허허, 농을 한 것을 가지고 그리 화낼 것까지야 없지 않은가?"

여전히 뒷짐을 지고 사람 좋은 웃음을 흘리는 양학명의 얼굴에 황인욱의 마음속에 짜증이 확 일어났다.

"연화도 있구나? 아니지. 네게도 존대를 할까?"

"호호, 아닙니다, 노사. 그냥 늘 하던 대로 해주세요."

"오라비보다 네가 더 낫구나."

"칭찬으로 들을게요."

모용찬은 양학명과 팔기군 무장들의 대화를 들으며 고개를 갸웃거렸다. 소문으로만 들어왔는데 정말로 마교가 청조의 건립에 도움이 되었단 말인가?

"그나저나 어쩐 일이십니까? 신강에서 외유를 하지 않으실 거라더니."

황인욱이 언짢은 표정으로 빈정거리며 말했다.

"설마 막아설 생각은 아니시겠지요? 황제의 빙장께서 돌아가시었습니다. 당신이 아니라 그 어떤 누구도 그 분노를 막을 수는 없습니다."

빈정대는 말투이기는 하지만 황인욱은 예의를 잃지 않고 있었다.

"안다. 설마, 늙어 노망이 났다고 황제의 뜻을 무시할 생각은 없다."

"그런데 어째서입니까?"

"어째서라기보다는, 잠시 군세를 물려주었으면 한다."

"뭐라구요!"

황인욱의 목소리엔 분노가 서려 있었으나 양학명은 수많

은 군세에도 조금도 위축되지 않고 당당하게 말했다.

"내가 보기엔 정무협에게 잘못이 없는 듯하다. 분명 누군가의 음모에 의해 그들이 누명을 쓴 것이 아닌가 한다. 쓸데없는 희생이야. 황제에겐 내가 찾아가 말하겠다."

"닥치시오! 더 이상은 당신이라 해도 용서하지 않겠소!"

황인욱의 목소리가 거세졌고 흥분된 그의 말투는 점차 하대로 바뀌어가고 있었지만, 양학명은 그다지 신경 쓰지 않았다.

"쯧, 거부할 생각이냐?"

"그렇다면 어찌하시겠소? 막아서기라도 할 참인가?"

"글쎄… 하지만 잘 생각해 보는 것이 어떻겠느냐? 이곳에는 전 시대 최강이라 불리던 삼황 중 둘이 있다. 정무협의 무인들도 있고. 아무리 팔기군이라 해도 그 피해가 막심할 터인데……."

"……."

부드러운 말투였으나 양학명의 말에 황인욱의 얼굴이 잔뜩 일그러졌다. 마도지존 양학명은 끝내 자신을 막아설 셈인 모양이었다.

"물러가 주게."

"안 됩니다."

황인욱은 절대 물러날 기세가 아니었다. 양학명은 그 모습에 잠시 고민하듯 턱을 쓸며 말을 이었다.

"음… 그럼 이렇게 하는 것이 어떻겠나?"

"……."

"백인비무일세."

"백인비무……."

양학명의 말에 듣고 있던 모든 이는 고개를 갸웃거렸으나 황인욱이나 황연화는 무거운 표정으로 양학명을 쳐다보았다.

"당신에게는 더 이상 자격이 없소."

황인욱의 목소리가 무거워졌다.

"안다."

너무도 순순한 수긍에 황인욱의 미간이 찌푸려졌다.

"타인을 내세울 생각인가? 백인비무에 대해서는 스스로가 더욱 잘 알 텐데?"

"모자라지 않을 것이라 자부하네."

황인욱이 잠시 고민했다.

백인비무는 선대 황제 태조가 만들어낸 알려지지 않은 율법이었다. 백인의 무장을 뚫고 온 자는 귀인이거나 대적이라 했다.

양학명으로 인해 백인비무를 이겨낸 자가 있다면 귀인으로 대접하기 시작했으나 굳이 지금 백인비무를 허락해야 할 이유는 없었다.

문제는 그것을 제안한 자가 양학명이라는 것이다. 만약 들어주지 않으면 일전을 불사하겠다는 의지를 보이는 양학명으로 인해 황인욱의 얼굴은 갈수록 일그러지고 있었다.

'넘을 수 있을까.'

황인욱의 머릿속에 수많은 계산이 지나간다.

'제길……'

양학명을 쏘아보던 황인욱이 어금니를 갈았다.

"좋소! 그리하지! 만약 그대가 내세운 인물이 이긴다면 군세를 잠시 물리도록 하겠소. 하나 그 이후에는 절대 간섭해서는 안 될 거요."

"절대 두말하지 않겠다."

양학명의 대답에 눈을 가늘게 뜬 황인욱이 수하를 불렀다.

"추산!"

"예, 장군!"

"그들을 포위한 일대를 물리고 일백무장을 준비하라. 백인비무를 시작한다."

"……"

황기군의 제이좌인 곡추산은 자신의 주군이 어떤 의도를 가지고 있는지 차마 이해하지 못했다.

"내 말을 듣지 못한 것인가?"

"아, 아닙니다. 존명!"

황인욱의 명령 하에 포위하던 무장들이 물러났다. 다행스러운 일이었지만 모용찬은 무명이 걱정되었다.

"무명님……."

"걱정 마세요. 한번 해보도록 하죠."

모용찬은 지금 이 순간 어찌해야 할지를 고민했다. 양학명이 어째서 그러한 제안을 한 것인지는 모르겠지만, 지금의 싸움은 무척이나 위험하다.

물론 무명이 질 것이라는 생각은 들지 않았다. 누가 뭐래도 그는 풍룡이었고, 이제껏 가장 가까운 곳에서 지켜봐 온 자신이 아닌가?

하지만 그렇다 해도 군부와 부딪치는 것은 좋지 않다. 이긴다 해도 득이 될 것이 없는 싸움이었다.

'결국 목숨을 걸어야 하는가?'

모용찬은 굳은 얼굴로 검을 잡아갔다.

만약 무명이 죽는다면 자신 또한 죽을 생각이었다.

대지를 내리누르는 긴장감이 해검지를 채운다. 정무협의 무인들도, 양학명의 호법들도 물러나 긴장된 눈으로 무명과 무장들을 쳐다본다.

第二章

백인비무(百人比武)

武林
君子
무림군자

1

해검지를 사이에 두고 서로 대치한 듯 마주한 사람들.

일백여 명의 무장이 공터를 가득 메우고 홀로 선 무명을 노려보았다.

팔기군 내에서도 선별된 인물들인만큼 하나하나가 매서운 기세를 뿜어내었고 무구를 쥔 모습이 예사롭지 않았다.

무명의 모습은 한가롭게 나들이를 나온 서생과 다를 바가 없었지만, 모두가 숨을 죽인 채 그의 모습을 주시했다.

'쉽지 않겠군.'

군진을 이루며 자신을 포위한 무장들을 바라보던 무명의 입가에 쓴웃음이 지어졌다.

마주한 것만으로도 모여 있는 무장들의 군기가 피부로 전해져 와 소름이 돋아 오르게 했다.

무장들은 신중한 걸음으로 무명을 겹겹이 포위하며 군진을 만들었다.

"무명이라 합니다. 잘 부탁드립니다."

무명은 무장들 앞으로 나서서 포권을 했다.

무장들은 창검을 늘어뜨린 채로 명이 떨어질 때까지 대기했다. 적을 앞에 두고 인사를 청하는 것을 배운 바가 없는 그들이었으니 무명의 인사는 어색하게 느껴지기만 했다.

"시작하라."

황인욱의 명령에 부장인 장용대가 소기(小旗:작은 깃발)를 허리춤에서 꺼내 외친다.

"개진!"

명이 떨어짐과 동시에 선두의 무장이 지면을 박차며 돌진하자 무장들이 기다렸다는 듯이 검을 꺼내 들며 무명을 위협했다.

"흐아압!"

내지른 창이 대기를 후벼 파듯이 엄청난 파공성을 만들어내며 무명을 향해 날아들었다.

무명이 쾌속하게 뻗어오는 창을 반보 피하는 것만으로 팅겨내자 무장들의 검격이 전후좌우를 노리고 물밀듯이 쏟아져나왔다.

흉흉한 기세를 내뿜으며 달려나오는 그들의 기세에 물러나 있던 무명은 담담한 눈으로 쓸어보며 손을 빠르게 흔들었다.

퍼퍼퍼펑!

"크윽!"

"윽!"

공격했던 무장들의 전면이 무명의 손짓에 폭발하며 터져 나갔다.

격공장이라고 하기에는 방법 자체가 다른 공격에 무장들이 폭발의 충격을 이기지 못하고 뒤로 밀려 나갔다.

"저런?"

황인욱의 미간이 살짝 찌푸려졌다.

허공중의 대기를 터뜨려 버린 무명은 재빠르게 이동해 무장들 틈새를 파고들었다.

어차피 싸우기로 마음먹은 이상 지체할 이유는 없었다. 무명은 이전과는 다르게 능동적으로 비무에 임하기로 했다.

흉갑이 우그러져 물러난 무장을 대신해 또 다른 이들이 빈자리를 채우며 무명을 공격해 온다.

빗발치는 검기.

검에 더해진 수십여 개의 기(氣)의 칼날이 무명의 전신을 향해 난자해 들었다.

채채채창!

무명의 허리춤에 매여 있던 묵검이 빛을 발하며 휘둘러진다.

하지만 검기를 모두 끊어내지는 못했다.

검에 인 바람이 검기를 잘라낼 수는 없었다.

바람은 바람일 뿐이니까.

쉽지 않을 것이라 생각했지만 예상외로 촘촘한 공격의 그물에 무명은 어디서부터 시작해야 할지 갈피조차 잡지 못했다.

무림에 나와 단일전만을 해보았던 무명에게는 무장들이 최악의 상대임이 틀림없었다.

무장들에게 무인들과 같은 격식 따위는 없었고 검에 인정 또한 없었다. 검기 하나하나가 흉흉한 기세로 날아와 무명의 몸을 헤집으려 했다.

굳은 얼굴로 지켜보고 있던 모용찬은 무명이 위기에 처하는 듯하자 서둘러 연검을 끌렀다.

무장들의 공격은 자신의 예상보다 치열하고 강했다.

"아서라. 녀석이 이겨내야 하는 싸움이다."

양학명이 담담한 눈으로 말했다.

"하, 하지만……."

"이기지 못하면 죽는다. 누구도 도와서는 안 된다. 그의 무공은 아직 숙성되지 않은 것이다. 만약 그가 백인비무를 이겨낸다면 또 다른 발전을 이룰지도 모르지."

퍼퍼펑!

바람이 휘돌아 무장들을 때리고, 무명의 옷자락이 베어져 허공에 펄럭인다.

'엇!'

위급한 순간이 한두 번이 아니었다.

물론 백인비무라 해서 백 개의 공격이 가해지는 것이 아니다. 무명을 중심으로 한정된 공간의 무장들만이 공격할 수 있었다.

하지만 격(格)과 퇴(退)가 빨랐고, 대기를 통해 느껴지는 공격이 너무도 난잡해 어디서부터 피해야 할지 몰랐다.

"큭!"

전방의 검을 피한 무명의 허리춤을 검날이 베고 지나갔다.

무명의 허리가 기울고 한쪽 무릎이 꺾였다. 무공을 배운 이후 처음 공격을 당해본 것이다.

무장들은 그 찰나의 틈을 놓치지 않았다. 무명이 중심을 잃음과 동시에 서너 개의 창날이 회전하며 파고들었다.

취리릭!

상체를 젖히며 피한 창날에 앞섶이 찢겨졌고 가슴팍이 훤하게 드러났다.

무명은 재빨리 몸을 굴렸다.

어느새 무명이 지나간 자리에 서너 개의 도격이 떨어져 내렸다.

파파팍!

검기 다발에 흙 더미가 무명의 의복에 튀어 올랐다.

고작 서너 명을 쓰러뜨렸을 뿐인데 등줄기가 서늘해졌다.

'죽을 수도… 있겠군.'

처음 느낀 감정이었다.

공포.

죽음이라는 중압감.

한때는 죽어도 상관없다는 생각을 했으나 막상 죽음이 코앞에 오니 두려움이라는 본능적인 감정이 생겨난다.

하지만 고민하고 있을 틈조차 없이 빼곡하게 연결되는 무장들의 공격에 무명은 계속해서 몸을 움직였다.

'시간이 지날수록 지치는 것은 나다. 서둘러 끝내야 해.'

무명의 얼굴이 굳어갔고, 어금니는 단단히 물렸다.

'하지만 어떤 방법… 큭!'

또 하나의 검날이 등 어림을 스친다.

아릿한 것이 피가 흐를 정도로 깊이 파인 모양이다.

'일단은 모용가에서 보았던 검술로……'

무명은 검을 고쳐 잡고 빠르게 휘돌렸다.

직선적이고 빠른 속도의 검격이 무장들을 향해 날아갔다.

빠강!

일순간 바뀌어 버린 무명의 공격에 무장들의 기세가 조금 주춤하는가 싶더니 대열이 흐트러지기 시작했다.

하지만 그뿐이었다.

온몸을 감싸고 있는 그들의 갑주는 완전히 잘라내지 않는 이상 몸에 아무런 피해도 입지 않게끔 보호해 주었고, 무명의 검술에 익숙해진 무장들은 쾌속하게 찔러지고 베어오는 그의 검에 몸을 내맡기면서 검을 휘둘러 왔다.

"……!"

자신의 검이 무장들에게 아무런 피해도 입히지 못한 채로 방패에 막혀 튕겨 나가자 무명은 일순간 혼란을 느꼈다.

'까다롭군. 통하지 않는 것인가?'

검격이 막히자 무명이 빠르게 몸을 옆으로 옮겼다.

무장들의 검은 쉬지도 않았다. 한 번의 공격을 하고 몸을 빼면, 그 자리로 또 다른 공격이 짓쳐들어온다.

그들은 백이고 무명은 혼자였다. 공격은 백이고 막는 것은 하나였으니 지치는 것은 무명이다.

'저들의 움직임에 먼저 반응해야 하는데… 그런 움직임이라면… 결국 움직임에 바람을 실어야 하는가.'

무명은 호흡이 거칠어오고 가슴이 답답해져 왔다.

활로를 찾아야 함을 알고 있으나 말처럼 쉽지 않았다.

"천무(天舞)라는 것이다."

"하나 움직임이 너무 경직되었다. 과도한 힘을 주어서는 아니 된다. 손목을 떨칠 때는 부드럽게 하고 앞으로 나설 때는 힘있게, 물러날 때는 빨라야 한다."

"아!"

문득 무명의 머릿속에 스승의 가르침이 기억났다.

떠나기 전 자신에게 내렸던 가르침.

파팍!

무명은 발 앞으로 내질러진 창극을 피하며 서너 걸음을 물러났다.

'어째서 잊고 있었을까.'

이제껏 능동적으로 공격해 오던 무명이 훌쩍 몸을 물리고는 움직임을 멈추자 무장들이 주춤거렸다. 하나 그것도 잠시, 주춤거림이 무색할 정도로 양옆에서 창극이 찔러 들어왔다.

푸욱!

허리를 비틀며 가까스로 피해내자 목표를 잃은 창극이 무명의 옷자락을 꿰뚫는다.

쩡!

몸의 앞뒤로 스쳐 지나간 창극을 무명의 손이 가볍게 닿으며 때리자 창대에 진동이 생겼다.

"윽!"

"큭!"

파장이 일어 창대를 잡고 있던 무장들이 짧은 신음성을 흘리며 그만 손에서 창을 놓아버렸다.

그 틈을 이용해 잠시 호흡을 고른 무명의 눈빛이 조금 달라졌다.

'무턱대고 치고 들어가선 안 돼. 저들의 검격을 끝까지 보아야 해.'

무명의 발이 지면을 쓸 듯이 부드럽게 움직이며 무장들의 틈새를 파고든다.

나비의 날개처럼 부드럽게 움직이던 양손이 무장들의 검격을 피해 갑주에 닿았고, 가볍게 밀쳐 낸 힘에 무장들이 서너 걸음이나 물러났다.

무명은 서서히 그들의 공격과 어우러져 가기 시작했다.

세상을 가득 메운 검기 속에서 춤을 추듯이 움직였고, 검기와 보검이 무명의 몸을 피해가는 듯했다.

"호오?"

일순간 변해 버린 무명의 움직임에 양학명이 호기심 어린 눈을 빛냈다.

"동화인가?"

"예?"

"알 것 없다."

양학명은 모용찬의 물음을 잘라 버리고는 무명의 움직임에 집중했다.

'허허, 제법이로군, 동화를 이루다니. 하지만 그것만으로 백인비무를 이겨낼 수는 없다.'

“서, 설마… 태극권?”

무명과 무장들의 백인비무를 넋을 잃고 바라보던 무진자의 입에서 놀람이 새어 나온다. 필시 무명의 움직임은 태극권의 그것과 비슷했다.

“태극권이라구요?”

“아닙니다. 잘못 본 듯하군요. 하지만… 오히려 태극권보다 더욱 자연스럽습니다. 누굴까요? 마도지존이 소개한 자라 범상치 않으리라 여기긴 했으나…….”

무진자의 말에 정무협의 무인들은 무명을 다시 보게 되었다.

“한데 어째서 내공을 사용하지 않는 것일까요?”

“그러게 말입니다.”

무명의 움직임은 분명 달랐다.

이전까지의 움직임이 능동적이기는 했으나 끌려 다니는 것이었다면 지금의 움직임은 무장들의 공격권 안에서 수동적으로 움직이며 이끌어내고 있었다.

마치 그들의 검을 미리 알고 있기라도 하는 것처럼 천천히 움직였으나 무장들의 검은 더 이상 무명의 옷자락을 잘라내지 못했다.

‘바로 이곳!’

터터텅!

바람이 무장들을 튕겨내었다.

하지만 튕겨 나갔다 한들 갑주 위를 육신의 힘만으로 때려서는 피해를 입힐 수 없었다.

밀려 나간 무장들이 뒷발로 몸을 세우며 금세 튀어나온다.

이미 그런 움직임을 예상했던 것일까?

무명의 얼굴에 더 이상 놀람 같은 표정은 떠오르지 않았다.

밀어낸 무장들이 무명의 곁에 도착하기도 전에 무명의 몸이 쏘아진 화살처럼 무장들 사이를 파고들었다.

'천무에… 바람을 싣는다…… 좀 더?

백인비무는 벌써 일각이라는 시간이 지나가고 있었다.

무명이 서서히 지쳐 가고 있다는 것은 점점 더 늘어가는 상처로 모두가 알 수 있었다.

'이대로는 이기지 못해. 빨라야 해. 지금보다 빠르게 움직여 공격해야 해. 저들의 공격에 이끌려서는 안 돼. 여유있게… 여유있게라… 바람을……'

휘리리리.

서서히 바람이 분다.

작은 바람으로 시작한 회오리는 무명의 몸을 타고 오르며 그의 옷자락을 펄럭이게 한다. 작은 바람은 금세 폭풍이 되어 사방으로 몰아쳐 나간다.

바람의 상쾌함이 무명의 폐부를 차오르고 사지백해로 퍼져 나간다.

'바람… 내가 곧 바람이다. 내지른 주먹에 바람을 흘리고……'

주먹이 뻗어지고 휘몰아친 바람이 그의 손을 따라 쏘아져 나간다. 바람에 닿은 무장은 그 힘을 이기지 못하고 낙엽처럼 밀려 나간다.

'피하는 것은 산들바람처럼 가볍게……'

더 이상 창과 검의 기세는 무명에게 위협이 되질 못했다.

하늘의 춤을 닮은 그의 발걸음이 가볍고 경쾌하게 움직이며 일백 무장 사이를 누비고 다녔다.

'밀어 칠 때는 질풍같이 빠르게.'

무명의 손은 바람을 불러와 목표한 곳으로 쏘아 보낸다.

그의 몸에서 시작된 작은 돌풍은 점차 폭풍으로 변해갔고, 무명은 서서히 천무가 가진 힘에 이끌려 무아지경으로 빠져들기 시작했다.

바람을 이기지 못한 대지가 진동하듯 굉음을 만들어내고, 해검지에 매달린 무구들이 쇳소리를 내며 부딪친다.

히이이잉!

말들이 폭풍과도 같은 바람에 날뛰기 시작했다.

"이건!"

찌직!

거기병이 들고 있던 군기가 바람에 찢어져 나간다.

무명의 움직임은 바람을 끌어들여 그의 손을 따라 그가 원하는 모든 곳으로 퍼져 나가기 시작했다.

콰류류류류!

쏟아진 검기가 바람의 기운을 이기지 못하고 소멸하고, 무장들이 몸을 가누지 못한 채 휩쓸린다.

대로 전체가 금세라도 무너질 듯이 떨렸다.

"천풍(天風)!"

무명이 비명과도 같은 장소성을 내뿜자 세상의 모든 것을 휩쓸어 버린 바람이 대기 중에서 거대한 폭발을 일으키며 터져 버렸다.

콰드득! 콰콱! 퍼펑!

한차례의 폭풍이 휩쓸고 간 것처럼 해검지에 정적이 감돌았다.

수십여 명의 무장이 뒤엉켜 쓰러진 사이로 무명이 오연한 모습으로 서 있었다.

눈을 감고 평안한 표정으로 서 있는 무명의 모습은 흡사 천신과도 같았기에 지켜보던 무인들과 쓰러진 무장들은 신음성조차 내지 못했다.

"무황… 무황의 귀환인가……."

양학명의 입에서 감탄과도 같은 신음성이 새어 나온다.

하지만 그의 독백과도 같은 목소리가 주는 파장은 모두를 놀라게 하기에 충분했다.

과거 무림의 마도지존, 송학 도장과 함께 무림삼황이라 불리며 무림의 제일좌를 차지하고 있던 희대의 무인 천지무황 장영.

양학명의 입에서 그의 이름이 거론되었고, 정무협의 무인들을 통해서 퍼져 나가기 시작했다.

가늘게 눈을 뜬 무명은 자신이 만들어낸 힘에 가슴이 벅찰 정도로 차오름을 느낄 수가 있었다.

'바람… 이것이… 스승님이 가르친 천무의 본모습인가.'

스승은 그에게 천무를 가르쳐 주었으나 그 본질을 꿰지 못한 무명은 한 번도 사용해 본 적이 없었다. 하나 천무에 승풍취천의 깨달음을 섞으니 절대라는 말이 어울릴 정도로 엄청난 위력을 발휘해 내었다.

무명은 문득 주위를 둘러본다.

아연실색하여 자신을 바라보는 무장들의 모습과 어금니를 깨물며 노려보는 황인욱이라는 무장도 보였다.

처음부터 그가 운학서원에서 자신의 조부를 죽인 그자라는 것을 알고 있었다. 하지만 이미 지나간 일이 아닌가?

스승에게 세상을 바로 보는 법을 배우고, 각자가 자신의 목적에 맞게 행동하는 옳고 그름에 대해서 배웠다.

어찌 지금에 와서 황인욱에 대한 복수심을 가질 수 있겠는가?

이미 원한은 사라진 지 오래고, 무명은 과거의 조청린이 아니었다.

"네놈……."

황인욱의 얼굴이 일그러진다.

아직 일백 무장은 건재했으나 방금 전 무명이 보여준 한 수는 감히 어찌할 수 없을 정도의 경지로 보였다.

더 한다 해도 무장들의 패배는 자명했다.

마음 같아서는 쇠뇌를 쏘고 화탄을 쏘아서라도 무명을 쓰러뜨리고 싶었지만 이미 그는 양학명과 약조한 바가 있었고, 백인비무를 믿을 수 없는 능력으로 이겨내었으니 더 이상 할 말이 없었다.

'제길…….'

황인욱은 밀려 나오는 욕지거리를 삼켰다.

"용대!"

"예, 장군!"

"전군을 물린다."

"예?"

"물리되 보군영에 통보해 무당산을 물샐틈없이 포위하라 이르라. 쥐새끼 한 마리 빠져나가지 못하게!"

"존명!"

부장 장용대는 의아한 마음이 들었으나 명을 받은 이상 지체하지 않았다. 팔기군의 무장들은 장용대의 지시에 따라 수하들을 지휘해 부상자들을 추스르고 무당산 자락을 내려가 군진으로 향했다.

황인욱은 매서운 눈으로 무명을 노려보다 양학명에게로 고개를 돌렸다.

"정확히 이레입니다."

"그 정도면 충분하다."

"이레 후 이곳의 모든 이는 모조리 추살될 것입니다, 설사 그것이 당신이라고 해도."

"좋다. 그 이상은 나도 바라지 않겠다."

황인욱은 어금니를 씹어 물며 말머리를 돌렸다.

"한 가지만 더."

양학명이 등을 돌린 황인욱을 향해 덧붙여 말했다.

"내일 황제를 찾아가겠다. 갈 사람은 셋이다. 길을 열어다오."

"흥! 좋소. 막지 않겠소. 하나 우리의 감시하에서라야 하오."

"알겠다."

"쳇!"

황인욱을 끝으로 팔기군의 무장들이 모두 철수하고 말발굽 소리가 잦아들자 무당산은 다시 고요 속으로 물들어갔다.

"쯧, 머저리 같은 놈들."

양학명은 산문에서 안도의 한숨을 내쉬는 정무협의 무인들을 바라보면서 눈살을 찌푸리고는 무명에게 고개를 돌렸다.

"어떤가? 괜찮은가?"

무명은 양학명의 물음에 대답하지 않은 채 자신의 손을 바라보고 있었다. 온몸을 타고 흐르는 기운에 가슴이 격정으로 가득 차 있었다.

"후후, 놀랄 만도 하지. 나도 무척이나 놀랐네. 나조차도 감히 장담할 수 없는 힘이었어."

양학명의 나지막한 말에 모용찬이 깜짝 놀란다.

양학명이 누구이던가?

천지무황이 자취를 감춘 지금 고금의 최강자라 해도 과언이 아닌 인물이다. 그런 그가 무명에게 승부를 장담할 수 없다 말하고 있지 않은가?

"보아하니 싸우는 중에 깨달은 모양이더군."

"예."

"허허, 그런 것이지. 무인이라는 것은 말일세. 목숨이 경각에 달리고, 비무와 혈전을 거듭할수록 발전하는 족속일세. 저 산문 위에 앉아 탁상공론이나 하고 제 몸이나 건사하고자 하는 놈들은 평생을 가도 깨닫지 못할 일이지."

"아……."

"그보다 마지막에 보여준 것은 지난번 전기봉에서 보여준 것과는 사뭇 다른 경지의 것이었네만."

양학명이 호기심 어린 표정으로 묻자 무명이 고개를 끄덕였다.

“천무라는 것입니다.”

“천무라……. 과연 이름에 걸맞은 위력일세.”

“스승님의 마지막 가르침입니다.”

“허허, 그랬던가? 역시 무황은 항상 나보다 위에 있었던 게
로군.”

양학명의 감탄사에 무명은 가만히 자신의 손을 바라보았다.

이제껏 자신이 잘못 생각해 온 것이리라. 머릿속에서 깨달
음을 얻고자 하고, 상대의 깨달음을 엿보아 무극에 이르고자
한 자신이 얼마나 어리석었는지 알게 된 것이다.

“자, 올라가세. 벗이라는 놈이 사경을 헤매고 있으니 못 본
체할 수는 없지 않겠는가.”

“예, 노사.”

2

양학명을 따라 산문을 오른 무명과 모용찬은 적생이 쉬고
있는 곳으로 안내되었다.

정신을 잃고 쓰러졌던 적생은 미추홀과 송학 도장의 지극
어린 보살핌에 기력을 회복하고 있었다.

“꼴좋구만. 홀로 팔기군의 군세를 막아보려고? 멍청하기
는… 쯧쯧.”

양학명이 문 안을 들어서며 혀를 찼다.

"후후, 모처럼 찾아온 친우들에게 흉한 꼴을 보였으이."

적생이 미추홀의 부축을 받아 몸을 일으켰다.

미추홀과 송학 도장이 적생을 말렸지만, 그는 고개를 내저으며 애써 몸을 일으켰다.

"그래, 어찌할 참인가?"

적생의 옆에 가부좌를 틀고 앉은 송학 도장이 나지막하게 묻는다.

"글쎄⋯ 어찌할까. 아랫것들은 관에 잡혀 있고, 누명을 썼으니⋯⋯."

강하기만 하던 적생의 눈에 물기가 어린다.

모처럼 마음을 터놓을 친우를 만난 덕분에 마음이 약해진 것이다.

"쉽지 않은 일이네. 아주 더럽게 걸렸어."

송학 도장이 고개를 내젓자 적생의 고개가 더더욱 숙여진다.

"쯧, 꼴 같지 않기는⋯⋯."

양학명은 강하기가 대쪽 같기만 하던 적생의 모습이 언짢은지 고개를 돌리고 앉아버렸다.

그 모습에 적생이 쓴웃음을 짓다가 무명과 모용찬을 발견하고 묻는다.

"이들은 누구인가?"

적생의 물음에 무명과 모용찬이 공손하게 대답했다.

"무명이라고 합니다.'

“모용찬입니다.”

무명의 이름은 알지 못했으나 모용세가의 이름이야 원체 무림에 드높으니 모를 리가 없었다.

“모용가의 자제로구만. 그래, 모용연께서는 여전하신가? 은거하신다 들었는데…….”

“예, 여전하십니다.”

“그래, 자네의 기도를 보니 모용이 놀지만은 않았음을 알겠구만.”

“과찬이십니다.”

적생이 웃으며 모용찬과 대화를 나누자 양학명이 핀잔을 주며 말했다.

“쯧쯧, 소눈깔 하고는. 그 눈깔로 뭐 하러 무림에 나왔을꼬. 무명이는 보이지도 않는가?”

“응?”

양학명의 말에 그제야 적생이 무명을 쳐다본다.

그다지 특별할 것이 없는 얼굴이다. 기도 또한 그러했다. 무인이라고 하기에는 풍기는 기운이 너무도 옅어 그 힘의 내력을 알 수가 없었다.

“누구기에…….”

적생이 고개를 갸웃거리며 말끝을 흐리자 송학 도장이 대답했다.

“그의 제자일세.”

“그?”

별안간 누구를 지칭하는 말임을 알아채지 못한 적생의 얼굴에는 궁금함만이 더해졌다.

“늙으면 죽어야 한다는 말이 꼭 맞구만. 멍청한 거지 놈 같으니라구.”

양학명의 핀잔을 계속되었다.

“허허, 장가 그 사람의 제자란 말일세.”

“장가?”

무슨 말을 하는 것일까?

송학 도장이 말하는 장가가 누구기에 그리도 속을 태운단 말인가? 하지만 그 의문은 금세 해결되고 말았다.

송학 도장이 그라고 부를 사람이 몇이나 될까? 더구나 장가라면…….

적생의 눈이 왕방울처럼 커다랗게 변했다.

“설마… 설마…….”

자신에게 방도를 이끌고 떠나 무림에 나오지 말라 신신당부했던 그가 기억난 것이다.

“네가 천지무황의 제자란 말이냐?”

“예.”

담담히 말하는 무명과 달리 적생의 눈동자와 입술은 가늘게 떨리고 있었다.

“이런이런, 양 교주의 말이 백번 맞구나. 내가 그의 제자를 눈앞에 두고도 눈치채지 못하였으니 말이다.”

“괜찮습니다.”

적생의 눈에 어리었던 물기는 회한에서 서서히 반가움으로 변해 있었다. 눈물로 범벅이 되어버린 눈으로 무명을 바라보던 적생이 그의 손을 잡았다.

“내 그의 말을 듣지 않아 이리 된 것이다. 그의 말을 듣지 않아 이리 된 것이야. 송학의 어린 제자가 무림에 나왔다 하여 과거의 영광이라도 재현해 보고자 하는 욕심이 나를 이리 만든 것이야.”

적생의 말에는 후회가 가득했다.

“그의 말만 들었으면… 십 년 전 그가 다시 찾아와 일향촌을 옮겨달라며 부탁했던 그때도 당부하였던 것을… 내 욕심이 제자들을 힘들게 했구나.”

적생이 흐르는 눈물을 닦지도 않은 채로 고개를 내젓는다.

순간 그 말을 듣고 있던 무명이 깜짝 놀란다.

분명 일향촌이라 했다.

설마 스승의 부탁을 받고 일향촌을 옮겼던 사람이 바로 적생이란 말인가? 개방이라는 이들이 일향촌을 옮긴 것이란 말인가?

“어르신!”

무명이 적생 가까이로 다가가며 힘주어 불렀다.

하나 적생은 고개를 숙인 채로 아무런 대답을 하지 않았다.

“어르신!”

재차 불러보지만 적생은 미동조차 하지 않고 있었다.

송학 도장이 다급히 무명을 떼어놓고는 적생의 혈을 잡았다.

“쯧, 내상이 아직 회복되지도 않았는데 무리하더라니…….”

송학 도장은 혀를 차며 적생을 다시금 자리에 눕혔다.

“어르신, 어찌 된 것입니까?”

무명이 다급하게 묻자 송학 도장이 고개를 내젓는다.

“걱정 말거라. 잠시 정신을 잃은 것뿐이다. 원정지기를 상한 데다가 심적 충격이 심했으니 쇠약해질 만도 하지.”

“하면? 다시 깨어나시는 겁니까?”

“깨어나겠지. 하지만 꽤나 오랫동안 정양해야 할 것이다.”

“아…….”

송학 도장으로서는 무명을 안심시키고자 한 말이지만, 무명에게는 한순간이 급했다.

일향촌을 찾고 싶었다.

언제나 자신의 마음에 짐이 되었던 일향촌이 아닌가? 복수는 잊었지만, 은혜는 마음 깊이 남아 있었다.

“일단 쉬도록 내버려 두고 나가자꾸나.”

양학명이 물끄러미 다시금 정신을 잃은 적생을 바라보다가 무명을 이끌었다. 무명은 못내 아쉬운 듯이 적생을 바라보다 그 뒤를 따랐다.

밤을 밝히는 달을 바라보던 무명을 향해 양학명이 묻는다.

"일향촌이라 들었다. 아는 곳이더냐?"

양학명의 말에 무명의 가슴에 묻어두었던 기억이 다시금 떠오른다.

"예, 은혜를 입은 곳입니다. 목숨을 바쳐서라도 갚아야 할 은혜를 입은 곳입니다."

"음……."

"스승님께 여쭙지 못해 어디로 갔는지 알 수 없었는데… 다행이군요."

달을 바라보는 무명의 눈에 아스라이 기억이 가득 차올랐다.

3

다음날이 되어서도 적생은 깨어나지 않았다.

무명은 몇 번이고 적생의 방문 앞을 서성거렸으나 차마 방문을 열지는 못했다.

"이보게."

"예?"

양학명이 서성거리는 무명을 불렀다.

"잠시 황궁에 다녀오세."

"황궁이요?"

“그래. 일향촌이라는 곳을 찾고자 하는 자네 마음을 알겠네만 적생 저 친구의 몸이 저러하니 마냥 기다릴 수는 없지 않은가?”

“그렇군요.”

무명의 얼굴에 착잡한 표정이 드러났다.

“일단은 저 친구의 누명부터 풀어보세. 내 황궁에 아는 이가 있으니 어쩌면 말이 통할 게야. 정무협 놈들이 마음에 들지는 않지만, 벗의 어려움을 모른 체할 수야 없지 않겠는가?”

듣고 보니 옳은 말이었다.

“알겠습니다.”

“그럼 바로 출발하세.”

“바로요?”

“그래. 굳이 기다릴 이유가 무어란 말인가? 준비할 것도 없으니 가도록 하세.”

第三章
알현(謁見)

武林
君子
무림군자

"마마, 이대로 두고 보실 참입니까?"

화려한 국화꽃 문양이 수놓인 천을 늘어뜨려 꾸민 방 안.

문양만큼이나 아름다운 여인이 탁자에 앉아 있었다.

관복을 입은 중년인은 머리를 처박고 여인에게 수십 번이나 간언을 올렸다.

"척승, 그대의 말을 따라야 할 이유라도 있는가?"

여인의 목소리는 그 생김새만큼이나 품위와 위엄이 넘쳤다.

"마마!"

"닥쳐라!"

조용히 말하던 여인이 매몰차게 척승의 말을 끊어버렸다.

척승이 어찌해 아침 댓바람부터 자신을 찾아온 것인지 너무도 잘 알고 있었다. 그의 세력이 활보할 수 있었던 것은 오로지 척일도의 뒷배가 있었던 때문이다.

한데 그 주축이 죽었으니 이제 어느 곳에 발을 붙여야 한단 말인가?

척승은 어떻게든 자신의 세를 유지해 볼 요량으로 찾아온 것이 분명했다.

"네놈이 말하는 것이 얼마나 큰 죄인지를 모른단 말인가! 국구의 시해범이 이미 정해졌거늘 어찌 함부로 폐하의 결정을 논한단 말인가!"

분노로 가득한 눈으로 척승을 쏘아보는 그녀가 바로 죽은 척일도의 여식이자 포목포태(布木布泰)라는 이름을 가진 효장문 황후였다.

"그대가 내 아비의 위세를 믿고 행한 수많은 더러운 짓을 모르는 바 아니며, 몰래 중원의 무부들과 관계를 맺어왔음을 너무도 잘 알고 있다. 한데 지금 나를 찾아와 그것을 친황의 죄로 간하는 것은 무슨 망발이란 말인가!"

황후의 서릿발 같은 기세가 척승의 온몸을 죄어들었다.

"감히 제 주인을 지키지 못한 개가 어디서!"

분노에 물든 황후의 눈은 매서웠고, 척승은 그녀의 분노에 아무 말도 하지 못하고 몸을 떨었다.

"돌아가라! 내 다시 그대에게 이와 같은 말을 듣게 되면 그 목이 온전치 못함을 명심해야 할 것이야!"

매몰차게 축객령을 내리자 척승은 아무 말도 하지 못하고 마른침만 삼키다 자리를 빠져나갔다.

"멍청한 놈들……."

혀를 차며 척승의 뒷모습을 바라보던 황후가 머리 아픈 듯이 관자놀이를 쥐었다.

"하나 틀린 말만은 아닌 듯합니다."

문득 그녀의 뒤에서 아리따운 여인의 음성이 흘러나온다.

"단야더냐?"

"예."

비밀스럽게 나타난 여인은 하늘거리는 옷을 입은 시녀였다.

복색은 시녀였으되 그녀의 신분은 황후를 지키는 세 명의 무비(武比) 중 우두머리인 북궁단야라는 여인이었다.

"알아본 바로는 척승의 말에도 일리가 있습니다. 듣자 하니 일간에 친황이 무림의 인물을 은밀히 만난 것으로 보입니다. 잠입하지는 못했으나 그 후 무한의 반란이 일어났고, 국구께서 시해당하시었습니다. 또한 무한을 점거했던 무인들이 정무협이라는 단체와는 전혀 관계가 없어 보였습니다."

“음… 네 말은 척승이 옳은 판단을 내렸다는 것이더냐?”

“아마도……..”

“아마도라는 것은 척승이 말한 대로 아버님의 시해사건에 친황이 관련이 있을지도 모른다?”

황후의 말에 북궁단야는 대답하지 않았지만, 그것이 긍정을 뜻함을 모르지는 않았다.

“친황…….”

황후의 아미가 곱게 일그러졌고, 탁자 위에 놓인 주먹이 움켜쥐어졌다.

“마마, 한 말씀 올려도 될는지요?”

북궁단야의 말에 분개하던 황후가 고개를 돌렸다.

“말하라.”

“어쩌면 이번 사건은 다른 인물과도 연관이 있는 것인지 모르겠습니다.”

“다른 인물?”

“예.”

“그게 누군가?”

“아직 확실하지는 않지만 알아본 바로는 야랑이라는 인물입니다.”

황후는 처음 들어보는 이름에 눈살을 찌푸렸다.

“야랑이라는 자는 십여 년 전부터 친황의 그림자인 인물입니다.”

“친황의 그림자라……. 결국 친황인가?”

“예.”

친황이 거론되자 황후의 얼굴이 눈에 띄게 일그러졌다.

“야랑이라는 자가 의도적으로 친황에게 접근한 것 같습니다.”

“의도적으로?”

“예. 원래는 몇 년 전까지 성행하던 북경경매장의 거간꾼으로 알려져 있는 인물입니다. 노예 경매를 통해 들어오는 막대한 수입이 친황에게로 흘러들어 갔다는 정황도 있고, 그 외에 이어진 일련의 사건들에 모두 연관이 있어 보이는 자입니다.”

“응?”

“그의 행적이 제일 먼저 시작된 것은 운학서원의 역모 사건입니다.”

“운학서원이라면 당대 석학이던 청학 조명훈을 말하는 것인가?”

“예.”

“하나 너무도 오래전 일이지 않는가?”

“그렇습니다. 십 년 이상 지난 일이지요. 한데 당시 그의 역모를 주장한 자가 친황파의 한 명인 내각학사 함중호였습니다.”

“함 학사가?”

“예. 조명훈은 당시 유생들의 지지를 한 몸에 받고 있는 인물이었습니다. 만약 당시 황제 폐하의 성지를 받고 등청했다면 아마도 지금쯤은 국정의 한 축을 담당할 정도로 거물이 되었을 것입니다.”

“음.”

북궁단야의 말에 황후가 신음성을 흘렸다.

“그 역모가 조작되었을 수도 있단 말이냐?”

“예. 그러합니다.”

“소상히 말하라.”

“예. 당시 역모 사건이 화두로 떠오르고 응당 있어야 할 조사 없이 운학서원은 팔기군에 의해 몰살당했습니다.”

“조사가 없었다?”

“당시의 친황은 무엇에 쫓기듯이 서둘렀다고 합니다.”

“음……”

“문제는 그 역모에 야랑이라는 자가 관련이 있는 듯합니다. 지금까지 밝혀진 바로는 당시 역모를 주장했던 이들이 대부분 그로부터 상당량의 금전적 지원을 받은 듯합니다.”

“그런!”

북궁단야의 이어진 말에 황후의 표정이 수십 번도 더 뒤바뀌었다.

거대한 상단의 몰락에서부터 다량의 화탄이 사라지고 과거에 응시조차 하지 않았던 이가 관직에 오르는 등 북궁단야의 말을 들으면 들을수록 놀람은 가중되었다.

"현재 야랑이라는 자와 연관이 되지 않은 이는 관직에 거의 없다시피 하며, 중원 상권의 대다수가 그와 연결되어 있습니다."

"음… 그럴 수가……. 하면 잡아들이면 되지 않는가?"

"그게… 원체 비밀스러운 인물이라 쉽지가 않았습니다. 몇몇 아이를 시켜 그의 뒤를 쫓게 했으나 연락이 두절된 지 오래되었습니다."

황후의 놀람은 더욱 더해졌다.

북궁단야가 말하는 아이들이란 황후가 비밀리에 직접 키운 여인들이고, 그들의 실력은 무척이나 잘 알고 있는 터다.

"최근 무림에서 일어나는 일 또한 그가 관련이 되어 있어 보입니다."

"무림에?"

"팔기군이 무당산으로 출진한 내용입니다."

"들어 알고 있다."

"조금 전 무당산에 양 노사가 모습을 드러내어 진군을 막았다 합니다."

"양 노사가?"

"예."

"신강에 있어야 할 자가……. 계속해 보라."

"양 노사는 아마도 조만간 황궁에 들를 모양이지만 문제는 현재 무림의 정세입니다.”

“무림의 정세?”

“예. 무인들이 서로 간의 자리싸움을 시작했습니다. 또한 그 규모가 전에 없이 큽니다.”

“저런! 그들이 감히 혼란을 만드는 것인가?”

“아마도 그리될 것입니다. 또 하나의 문제는 또 다른 세력의 등장입니다.”

“또 다른 세력이라고?”

“현재 무림에서 일어나는 전쟁은 서로를 약화시킬 것이고 무당산에서 무인들과 부딪쳤다면 팔기군의 전력 또한 약해질 것이 자명합니다. 그렇다면 분명 내부를 지키는 힘 역시 약해지게 마련이지요. 이런 때에 힘을 지닌 거대한 세력이 등장한다면 무림은 일거에 휩쓸리게 될 것이지요. 물론 군부라고 예외는 없을 것입니다.”

“설마!”

황후가 무언가를 짐작한 듯이 자리에서 벌떡 일어났다.

“서, 설마…….”

황후의 눈이 왕방울만큼이나 커졌다.

“그렇습니다. 이는 분명… 역모입니다.”

“역모……!”

북궁단야의 말에 황후의 입술이 떨려왔다.

“야랑이라는 자, 필시 역모를 꾸미고 있음이 틀림이 없습

니다. 무인들과 군부의 마찰로 내부의 혼란이 가중되는 틈을
타서 분명 역모를 일으킬 것이 자명합니다."

"하나 어찌 일개 개인이……."

"마마, 그는 상권과 군부, 국정에 자신의 수족들을 뿌리고
그 힘을 지니고 있습니다."

북궁단야의 말에 믿을 수 없다는 표정으로 쳐다보는 황후
였으나 그녀의 정보가 맞다면 실로 심각한 문제였다.

"지금까지 수많은 인물들이 제거되었고 모두가 친황이 후
대를 노리는 것에 방해가 되는 인물이었습니다. 국구께서도
마찬가지였구요."

북궁단야가 말하기 꺼려지는 듯이 황후의 눈치를 살핀다.

"계, 계속해 보라."

북궁단야의 생각처럼 황후의 눈에는 이미 핏발이 잔뜩 돌
아 있었고 분노를 참는 듯이 어금니를 꽉 깨물고 있었다.

"야랑이 친황과 함께하는 이유는 겉으로 내세울 만한 인물
이 필요했던 모양입니다. 친황에게 모든 죄가 돌아가서 참수
라도 당하게 되면 그가 모습을 드러내겠지요. 그때는 아마
도……."

쾅!

급기야 황후의 보드라운 주먹이 탁자를 거세게 때렸다.

"이런 무도한 놈이!"

지금까지 친황에 대한 의심만을 품어왔던 황후이다.

하나 모든 것이 야랑이라는 자의 손에 놀아난 것이라면 절대 용서해서는 안 될 일이 아닌가?

"만일 사실이라면……."

황후의 눈에 독기가 서렸다.

"일단 폐하를 뵈어야겠군."

황후는 황제를 만나기 위해 분노에 몸을 떨며 자리에서 일어났다.

*　　　*　　　*

황후가 곤녕궁에 들었던 그 시각, 황궁 안으로 양학명과 무명이 들어서고 있었다.

청조와 깊은 관련을 맺고 있던 양학명이기에 드높은 황궁의 정문을 통과하는 것은 그리 어렵지 않았다.

그에게는 황제가 친히 하사한 영패가 있었기 때문이다.

양학명을 뒤따르는 무명의 얼굴이 편하지 못했다.

자신의 할아비를 죽인 청조이다. 더구나 일향촌을 쑥대밭으로 만든 청조이다. 원한을 잊었다 한들 기분이 좋을 수는 없었다.

"잠시 기다리시지요. 곤녕궁에 황후께서 드셨습니다."

태화전의 앞에서부터 안내해 온 시비가 그들에게 말했다.

"음… 그리하지. 그나저나 황후라고 하면 누구를 말함인가? 포목포태를 말함인가?"

"헛! 이, 이보시오."

양학명이 심드렁하게 말하자 태감이 깜짝 놀란다.

그도 그럴 것이, 하늘 아래 누가 있어 황후의 존명을 함부로 '야, 자' 하듯이 내뱉는단 말인가?

시위장들이 매서운 눈으로 양학명을 쏘아보지만 그는 신경조차 쓰지 않았다.

끼이익.

잠시 기다리는 동안 곤녕궁의 문이 열리고, 황후가 모습을 드러내었다.

눈물로 범벅이 된 그녀의 얼굴에는 수심이 가득해 보였다.

"음, 오랜만이군."

황후를 향해 양학명이 아는 체를 하자 막 시선을 돌렸던 황후가 금세 낯빛을 바꾸고는 그를 반갑게 맞이했다.

"양 노사? 양 노사께서 어쩐 일이십니까?"

마치 헤어진 친인을 만난 것처럼 기뻐하는 황후의 얼굴에서 좀 전의 수심을 찾아보는 것은 힘든 일이었다.

"오랜만이군. 이제 황후라 불러야 하나? 여하튼 척 노제의 일은 참으로 안되었네."

양학명이 씁쓸하게 말하자 황후의 얼굴에서 미소가 사라졌다.

“내 꼭 진범을 잡아줌세.”

“예?”

황후의 되물음에 대답하지 않은 채로 양학명이 태감의 안내를 받아 곤녕궁으로 들어섰다.

잠시 걸음을 멈춘 황후의 얼굴에 묘한 표정이 지어진다.

세상에 개방이 시해범이라는 사실이 번듯이 드러났는데 진범을 잡아주겠다 하는 것은 무언가 아는 바가 있음이리라.

“단야.”

양학명과 무명이 지나간 곳을 잠시 바라보던 그녀가 나지막이 말하자 어느새 나타났는지 그녀의 뒤에서 예의 여인이 공손하게 대답했다.

“예.”

“양 노사가 무슨 일로 왔는지 소상히 알아보라. 혹 그의 목적이 나와 같다면 바로 전하도록 하고.”

“예, 마마.”

대답을 마친 북궁단야가 사라지자 황후가 시선을 거두고 몸을 돌렸다.

“가자.”

*　　　*　　　*

곤녕궁 대전 안.

객당이라고 하기에는 너무도 거대한 방 안에 용포를 걸친 커다란 덩치의 사내와 양학명, 무명이 함께 자리했다.

황룡이 승천하는 문양의 용포를 입고 다부진 입매와 날카로운 눈매를 가진 사내가 바로 당금 중원을 다스리는 천자 황태극이었다.

"으하하하!"

황태극의 웃음소리가 방 안을 가득 채웠다.

"뭣이 그리 즐겁소?"

양학명이 인상을 찡그리며 물었다.

눈앞에 있는 자가 황제였으니 세상의 모두를 눈 아래로 보는 양학명이라도 말을 높일 수밖에 없었다.

"어찌 즐겁지 않겠습니까? 다른 이도 아니고 양 노사께서 이리 찾아주셨는데요. 그래, 어쩐 일이십니까? 제 청을 받기로 하신 겝니까?"

"허허, 그럴 리야 있겠소. 어찌 무지렁이와 같은 무부가 군을 통솔한단 말이요."

"이보오, 양 노사. 누가 군을 통솔해 달라 했습니까, 무장들의 스승이 되어달라 했지."

"허, 그 말이 그 말이오. 당치도 않으니 그런 말 마시오, 황제."

짧은 존칭이었으나 황제는 전혀 신경 쓰지 않았다.

양학명은 선대로부터 객으로 인정받은 인물이었다. 또한

황제가 되기 이전부터 스승처럼 모셨던 인물이 아닌가.

"그냥 전처럼 극아라 부르시지요. 노사께 황제라는 말을 들으니 소름이 돋습니다."

"그렇소? 하나 어쩌겠소. 세상이 바뀌었고, 신분이 천양지 차거늘……."

"으하하하, 신경 쓰지 마세요. 그보다 어쩐 일이십니까? 선대께서 그리 청을 넣어도 신강에서 한 걸음도 벗어나지 않고자 하시더니?"

황제가 웃으며 양학명에게 물었다.

"어쩌다 보니 그리되었소이다. 그보다 국구를 잃어 상심이 크시겠소."

"음……."

국구 척일도에 관련된 이야기가 나오자 황제가 웃음을 거두었다.

"안 그래도 그 때문에 고민이 많습니다."

"그렇습니까?"

"예. 연일 상소가 올라오고 있지요."

한편에 놓인 상소 더미를 곁눈질하며 인상을 찡그린 황제가 말을 이었다.

"이제는 황후까지 진범을 잡아달라니… 허… 참."

"진범입니까?"

"예. 그리 말하고 가더군요."

황제의 말에 양학명이 고개를 끄덕거렸다.

아마도 문 앞에서 만났을 때 황후의 얼굴이 눈물로 얼룩지어져 있던 것은 그 때문인 듯했다.

하긴 누가 있어 황제의 마음을 되돌릴 수 있겠는가?

있다면 바로 국구의 딸이며 황제의 내자인 그녀뿐일 것이다.

'허허, 그렇군.'

양학명이 슬쩍 미소를 지었다.

[황후께서 보낸 것인가?]

황제를 바라보던 양학명이 입술조차 움직이지 않은 채로 어디론가 전음을 보냈다.

[…….]

하지만 전음이 닿은 주인은 대답하지 않았다.

[하마터면 목을 잘라 버릴 뻔했구나. 본좌는 대화를 누가 엿듣는 것을 싫어한다. 황후께 돌아가 내가 찾아가겠다 전하거라.]

[알겠습니다.]

찾아가겠다 말하자 답이 돌아왔다.

'황후께서 무림에 관심이 많다 하더니 뛰어난 이들을 기르고 계셨군.'

세상에서 가장 잠입하기 어렵다는 황제의 침소에 잠입할 정도로 뛰어난 고수가 여인이라는 것을 알게 된 양학명이 속으로 혀를 내둘렀다.

"양 노사께선 어찌 보십니까? 국구를 시해한 놈들이 개방이라 하더군요. 하긴 드러난 정황이 너무도 극명하니……."

황제가 양학명에게 물었다.

"허, 제가 어찌 알겠습니까? 다만 제가 알기로는 개방이라는 자들은 그리 함부로 움직이는 이들이 아닙니다."

"두둔하시는 건가요?"

"아닙니다. 어찌 두둔하겠습니까? 단지 그들이 누명을 쓰고 있는 것은 아닐까 하는 것이지요."

양학명이 담담하게 말하자 황제가 그를 쳐다본다.

"누명이라……."

"예, 누명이지요."

"두둔이시군요."

황제가 씁쓸한 미소를 띠었다.

"하여 혹 제가 진범을 잡아도 되겠습니까?"

"예? 양 노사께서 직접이요?"

씁쓸한 미소에 묘한 표정이 더해진 황제는 양학명의 말에 고개를 갸웃거렸다.

자신이 알기로 양학명은 세상일에 그리 관심을 둘 만한 위인이 아니었다.

막강한 세력과 최강의 무공을 지니고 있음을 알고 있는 그가 어째서 그들만의 세상인 무림의 주인이 되고자 하지 않는지가 궁금한 적도 많았다.

"제가 아닙니다. 이 친구지요."

그제야 황제의 눈이 무릎을 꿇고 앉아 있는 무명에게로 돌아간다.

그다지 시선을 두지 않았기 때문이다.

양학명을 따라왔다고는 하나 시동 정도로만 생각했다.

황제는 문득 무명의 정체가 궁금해졌다. 누구기에 양학명의 추천을 받는단 말인가?

"무명이라고 합니다."

무명의 모습에 황제의 눈썹이 살짝 일그러진다.

이름조차 듣지 못한 무부가 자신에게 고개를 숙이지 않음에 살짝 눈썹이 꿈틀거렸다.

무림의 최고수이며 과거의 연이 있는 양학명도 황제인 자신에게 고개를 숙여 절함으로써 예를 표하는데 무명은 무릎을 꿇고 있을 뿐 허리는 꼿꼿하기만 했다.

"재미있는 자군. 머리를 조아리지 않는다?"

별 뜻 없이 던진 말이었지만, 황제의 어전을 지키던 시위장이 금세라도 허리춤에서 검을 뽑아 올릴 듯이 무명을 쏘아보았다.

"만인이 조아린다 하여 어찌 처음 보는 상대에게 예를 취하겠습니까?"

무명의 말은 더욱 걸작에 가까웠다.

상대는 황제다.

처음 보는 상대에게 예를 취하지 않는다는 것은 이해가 되지만, 원래 태어날 때부터 존경의 대상이지 않는가?

무명의 대답은 그 말 하나로 참수될 수도 있는 일이었다.

"무엄한!"

급기야 시위장이 참다못해 나서려 했다.

"그만!"

황제가 손으로 제지하며 무명을 유심히 살핀다.

"제법 강단이 있는 놈이구나. 하긴, 양 노사가 아무나 천거할 리는 없지."

황제의 시선이 양학명에게 닿았다가 다시 무명에게로 돌아갔다.

"그래, 네가 진범을 잡아주겠다?"

"진범을 잡으려는 것이 아니라 누명을 벗겨야만 하는 분이 계시기 때문입니다."

"누명을 벗긴다……. 개방의 인물들을 말하는 것인가?"

"그렇습니다."

"호오? 그렇다……. 개방과 관련이 있다 네 입으로 말하는 것인가?"

"물론입니다."

무명은 한순간도 당당함을 잃지 않았다.

황제의 호기심은 그런 무명에게 점점 더 집중되었고, 양학명에게서는 이미 시선이 떠난 지 오래였다.

"무엇 때문에 누명을 벗겨야 하는가?"

"누명으로 인해 죄없는 이의 목숨이 사라질 수도 있음이기 때문이지요."

"죄가 없다?"

"그렇습니다."

"어찌 죄가 없다 하는가? 설혹 국구의 시해에 관여되지 않았다 해도 황제의 귀를 어지럽히고 정신을 사납게 했으니 그 또한 죄가 아닌가?"

황제의 비웃음 섞인 말에 무명이 그를 무심하게 쳐다본다.

"어찌 황제입니까?"

"뭐라?"

무명이 동문서답을 하듯 황제에게 되물었다.

그의 말에 양학명도 시위장들도 깜짝 놀라고 만다.

"이, 이보게!"

아무리 양학명 자신이라 하여도 대놓고 황제에게 할 수는 없는 말이었다. 지금 무명의 행동은 도가 지나친 것이다.

잘못하다가는 도리어 화를 입을 수 있음이 아니겠는가? 하지만 무명은 양학명의 만류에도 서슴없이 말을 이어나갔다.

"무릇 황제는 백성의 어버이라 했습니다. 그 어버이가 단지 거슬린다는 이유만으로 자식을 벌한다면 어찌 자식이 어버이를 따르겠습니까?"

"거슬리다?"

황제의 입꼬리가 묘하게 올라갔고, 시위장들의 분노가 진 득하게 느껴져 왔으나 무명의 말은 계속해서 이어졌다.

"하늘은 천하를 다스리기 위해 천자를 보내었지요. 하나 그것은 황가에서 주장하는 것일 뿐 세상의 주인이 되고자 한 욕망의 결과가 황제를 낳은 것입니다. 스스로 존귀하다 칭하 려면 남들로부터 존귀함을 인정받아야 함이지요. 스스로 존 귀하나 남에게 손가락질받는다면 그 위세는 십 년을 채 넘기 지 못할 것입니다."

"네 이놈!"

거침없이 쏟아내는 무명의 말에 시위장들이 검을 뽑아 들 었다. 하지만 무명은 조금도 굴하지 않고 가슴을 폈다.

"천자의 검은 휘두름에 있어 함부로 행하여서는 아니 되 며, 함부로 행한 자는 폭군에 진배없지요. 폭군의 검은 무뢰 배의 그것과 다르지 않으니 어찌 존경의 대상이 되겠습니 까?"

"나의 검이 무뢰배와 같다?"

황제의 표정이 싸늘하게 굳었다.

그 표정에 양학명조차도 어찌할 바를 몰라 했다. 어느새 다 가온 시위장들의 검이 무명의 목에 겨누어졌고, 황제의 턱짓 한 번이면 당장에라도 그 목이 피분수를 뿜으며 떨어지리라.

하나 무명은 겁내지 않았다.

"힘으로써 인을 가식하는 자는 패(覇)라 하지요. 패는 반드시 대국(大國)을 가지게 됩니다. 하지만 덕으로써 인을 행하는 자는 왕이라 합니다. 왕자는 대(大)를 기대하지 않지요. 힘으로써 사람들을 복종시키는 자는 심복(心服)시키는 것이 아니며, 덕으로써 사람들을 복종시키는 자는 마음속에서 참되게 복종시키는 것이라 했습니다[公孫丑篇]. 패는 그 권세가 십년을 넘지 않으니 초패왕과 같고, 왕은 그 권세가 만세를 이어지니 한고조 유방과 같을 것입니다."

시위장들의 서릿발 같은 기세가 무명의 목을 노린다.

"맹자의 왕도인가?"

"황제의 마음가짐입니다."

무명은 한순간도 황제에게 지지 않았다.

황제는 가볍게 손짓하여 시위장들을 물리고 무명에게 재차 묻기 시작했다.

"네가 말하는 것은 덕치인가?"

"덕치지요."

"그렇군."

황제의 눈에서 노기가 사라졌다.

"재미있군, 재미있어. 그대의 이름이 무명이라 했나?"

"그렇습니다."

"후후, 자네는 겁이 없군. 감히 황제인 나를 꾸짖어 가르치려 하다니 말이야."

황제가 무릎을 치며 감탄성을 내뱉자 곤녕궁 안의 분위기가 조금 누그러들었다.

양학명은 가까스로 가슴을 쓸어내렸다.

"여봐라, 태감 있는가?"

"예, 폐하."

황제의 부름에 문밖에서 대기하고 있던 내관이 공손하게 대답했다.

"술을 준비하라."

"주안상이오까?"

"주안상이다. 귀한 인재를 대접할 참이니 신경 쓰도록 하라."

"예, 폐하."

주안상이라니 황제는 도대체 무슨 생각인 것일까?

"자네, 술을 하는가?"

무명에게 묻는다.

"예."

"좋군. 귀한 이야기를 들었으니 의당 대접함이 마땅하지 않은가?"

황제는 기분이 좋았다.

패로써 청을 세우고 수많은 문관을 뽑았으나 연일 아첨하는 관리들과 눈치만 살피는 성내의 인물들에 환멸을 느껴왔다.

누구도 자신에게 이것이 잘못되었다 말하는 이가 없었다.

그런 의미에서 무명의 왕도에 대한 가르침은 너무도 신선했고, 마음에 들었던 것이다.

주안상이 내어져 오고 시비들이 들어와 술을 따랐다.

모처럼 곤녕궁 안에서 술자리가 펼쳐졌다.

양학명과 황제는 과거의 이야기를 안주 삼아 웃기도 하고 아련하게 회상을 하기도 했다.

"한데 자네는 어찌 이름을 무명(無名)이라 지었는가?"

거나하게 취기가 오른 황제가 문득 물었다.

"원래부터 무명은 아니었으나 허락받지 못한지라 바꾸었습니다."

"허락받지 못했다?"

"예."

"과거사가 있는 모양이지?"

"예, 과거사지요. 불민한 생각에 효를 행하지 못하고 돌아가시기까지 마음을 아프게 해드렸으니 어찌 가문의 성을 따르겠습니까?"

"흠, 그렇구만. 혹 본명을 물어도 되겠는가?"

황제가 넌지시 묻자 무명이 잠시 생각을 하다 대답했다.

"조… 청린입니다."

"조청린이라……. 조청린……"

황제가 그 이름을 되뇌자 양학명이 슬쩍 긴장했다.

벌써 몇 번이나 긴장을 하는지 몰랐다.

무명의 조부인 조명훈이 역적으로 몰려 죽었음을 너무도 잘 알고 있었기 때문이다.

"푸를 청(靑)에 맑을 린(潾) 자라……. 참 좋은 이름이구만. 자네와 무척이나 잘 어울리는 이름이네. 자네의 이름을 지은 분께선 제법 작명 솜씨가 있으신 모양일세."

"과찬이십니다."

무명이 잠시 말을 끊었다가 씁쓸하게 웃으며 이었다.

"과욕을 부리지 않으며 세상을 사셨으나 역적이 되어 아쉬운 생을 마감하신 분이지요."

하마터면 양학명이 마시고 있던 술을 토해낼 뻔했다.

재빨리 고개를 돌려 황제를 바라보았다.

벌써 황제의 얼굴이 굳어가고 있지 않은가?

"역적?"

"예. 그분의 호는 청학이며, 함자는 조, 명 자, 훈 자를 쓰십니다. 운학서원의 원주를 지내셨지요."

"조명훈……."

황제는 매우 잘 기억하고 있었다.

군신의 예를 완강히 거절했던 인물이고, 지금의 무명처럼 자신에게 덕치를 주장했던 문사가 아닌가?

"그랬군. 그의 혈육이었군."

황제가 굳은 얼굴로 손 안의 잔을 돌렸다.

"아까운 자였지. 쯧쯧."

무명은 황제의 말에서 진심으로 안타까워하는 것을 느낄 수가 있었다.

"반드시 얻고 싶은 자였네. 그가 역적이 되다니… 아쉽다 생각했지."

황제의 중얼거림에 양학명도 무명도 조금 놀란 기색이 역력했다.

"낙양에서 반청을 외치지만 않았어도 그리되지 않았을 터인데… 미안하네."

황제가 사과를 해오자 담담하기만 한 무명의 얼굴에 파문이 일어났고, 눈동자가 심하게 떨려왔다.

분명 황제의 명에 의해 역적으로 몰려 여생을 마감했는데 어찌 모르는 눈치이며 저리도 안타까워한단 말인가?

설마 황제의 명이 아니었단 말인가?

무명은 입 안이 말라오는 것만 같았다.

"명이… 황명이 아니었습니까?"

"황명이 아니라……. 허허, 자네는 나를 가르칠 정도로 뛰어난 지혜를 가졌네만 정치는 모르는 모양일세. 하긴 나 또한 무장으로 살며 정치를 몰랐지. 경영에는 수많은 이해관계가 들어 있지. 물론 나의 인장인 옥새가 찍혀 행해졌으니 황명이라 해도 무방하겠지. 하나 그 모두 세력 다툼의 연장선일 뿐이네. 그는 그를 항변해 줄 세가 없었을 뿐이네. 그것이 그의 명을 단축한 것이지."
　몰랐던 사실이다.
　양학명도, 무명도 몰랐던 사실이다.
　청학 조명훈이 권력 다툼에 밀려 역적으로 몰린 것이라
니…….

武林君子
무림군자

　밤이 늦도록 술자리를 벌였던 황제는 아침이 되기가 무섭
게 무당산으로 급히 파발을 띄워 보냈다.

　팔기군 복귀.
　척일도 시해 관련 무기한 보류.

　황제와 양학명이 약속한 기한은 정확히 한 달이었다.
　한 달 안에 무명이 척일도 시해와 관련된 전모를 밝혀내지
않는다면 무림 문파의 몰락은 자명한 일이었고, 황제와의 약
속을 지키지 못한 무명도, 그를 천거한 양학명도 처벌을 면할

수 없는 일이었다.

지난밤 황제로부터 이번 일이 끝나면 관직으로 들어올 생각이 없느냐는 말에 무명은 정중하게 거절했다.

학식이며 무공이며 하나도 빠질 것이 없는 무명이었기에 거절당한 황제는 너무도 아깝기만 했다.

"내 자네를 다시 보았네."

시비가 가져다준 차를 들이켠 양학명이 무명을 향해 말했다.

"예?"

"내 살면서 자네 같은 사람은 처음 보았네. 무얼 믿고 그리 당당한가?"

"아……!"

"아무리 힘이 있다고 해도 황제의 권위에 비할 수는 없는 법이야. 좀 더 조심하는 것이 좋겠네. 황제가 다행히 그리 기분 나빠하지 않아서 그렇지, 순간에 목이 달아나도 이상할 게 없었어."

"예, 앞으로는 주의하겠습니다."

무명이 웃으며 답하자 양학명이 혀를 내둘렀다.

"허참, 도대체가 스승과 제자가 한 치도 다르지 않구만그래."

"스승님이요?"

"그래. 하긴 오래된 일이지."

양학명이 옛 기억을 회상하듯이 턱 언저리를 쓸며 말을 이어갔다.

"한 이십 년쯤 되었을 것이네. 중원을 정벌해 보겠다던 나는 마교의 일만 무인을 이끌고 옥문관을 넘었지."

언젠가 스승 장영으로부터 들은 적이 있는 듯했다.

"파죽지세였네. 어느 누구도 내 앞을 가로막지 못했네. 하긴 당시의 마교 전력은 내가 생각하기에도 최강이라 자부할 만했고, 나를 이길 수 있는 자는 단 한 명도 없을 것이라 생각했었네."

광오한 말이었지만, 오히려 양학명에게는 당연한 듯이 느껴졌다.

"청해성이 불과 하루 만에 떨어지고, 무림 정벌이 시작되었지. 하나 시작과 동시에 마교의 태반이 신강으로 걸음을 돌려야 했지. 물론 나의 명에 의한 것이었지만 말이야."

양학명은 장영과의 일전을 이야기하고 있었다.

"주천에 이르러 정파와 사파의 연합이 나를 막아섰지만 상대조차 되지 않았어. 한데 그 혈풍 속에서 자네 스승이 석양을 등지고 유유히 걸어오더군."

당시의 기억에 생생한 듯 양학명이 걸음을 멈추고는 꿈꾸는 듯한 표정이 되었다.

"하긴 한 사람의 무인으로 그렇게 멋있을 수 있다는 것을 처음 알았지. 내가 봐도 그때 무황 그 친군 최고였지. 허허."

스승에 대한 칭찬에 무명 또한 기분이 즐거워졌다.

"처음에는 단순히 미친 것이 아닌가 생각했네. 일만에 달하는 마교 무인을 상대로 홀로 막아설 생각을 하다니 말이야. 모두가 그의 패배를 예상했었네. 한데 막아서더군. 아니, 마교의 일만 무인이 꼼짝도 하지 못했어. 그때 그 친구와 삼 일을 싸웠네. 그와 나의 차이가 없어서 그런 것이 아니었어. 나는 사력을 다하고 있었지만, 무황은 나의 체면을 생각해 봐준 것이지."

"그렇기야 했겠습니까? 스승님께서도 항상 인생 최고의 맞수라고 하셨지요."

"맞수? 크하하하! 그래? 맞수라고?"

"예. 송학의 검도 강했지만 스승님과 능히 자웅을 겨룰 사람은 마교주가 유일하다고 말씀하셨습니다."

"그래? 으하하하! 기분 좋구만. 그에게 인정을 받다니 말이야. 이거 송학 그 친구가 알면 배앓이 꽤나 하겠구만그래."

양학명은 성내를 지나던 관인들이며 무장들이 힐끔거림에도 대소를 터뜨렸다.

"크흠. 하여튼 그 친구가 그 싸움 이후에 그러더군. 바둑한 판을 두고는 만약 자신이 둔 수를 해결하지 못하면 신강에서 나오지 말라고 말이야. 그때부터 지금까지 이십 년을 생각해 왔지만 아직도 해결하지 못한 난제가 되었지."

"아, 그때 두시던……."

"그래. 이십 년을 보니 눈 감고도 기보를 그려낸다네."

“그랬군요.”

“그나저나 그 친구가 다시 보고 싶구만. 허허.”

무명은 양학명이 진심으로 스승 장영을 그리워하는 것을 느꼈다.

두 사람의 대화가 이어지는 동안 멀리서 여류 무장이 다가서고 있었다.

“마교의 교주이신 양학명 노사를 뵙습니다.”

여류 무장은 검집을 옆으로 돌리고 공손하게 포권을 했다.

무인 간에 검집을 거둔다는 것은 대적조차 하지 않겠다는 극공경과 다름없었다.

“너는 어제 그 아이가 아닌가?”

“예, 알아보셨군요.”

여류 무장은 당연하다는 듯이 받아들였다. 그것은 이미 양학명에 대해서 어느 정도 알고 있음이기도 했다.

“음.”

무표정한 얼굴로 돌아온 양학명이 담담하게 말했다.

“어쩐 일인가?”

“황후께서 뵙고자 하십니다.”

“황후께서?”

“예.”

“음, 안 그래도 가볼 참이다. 안내하라.”

양학명과 무명은 여류 무장 북궁단야의 안내를 받아 황후의 거처로 이동했다. 내원에 지어진 고풍스러운 정자에 언뜻 보기에도 그 위엄이 느껴지는 여인이 단아한 모습으로 차를 마시고 있었다.

"황후를 뵙습니다."

"아, 어서 오세요, 양 노사. 기다리고 있었습니다."

"오랜만입니다. 아름다움은 여전하시군요."

양학명은 오래전부터 안면이 있었는지 황후에게 공대를 하며 정자 안으로 들어섰다.

"그나저나 본녀의 아비 일로 오셨다구요?"

"예."

지난밤 북궁단야가 황제의 침소에 들었으니 이미 전해 들 었을 터다.

"어찌하실 생각입니까?"

황후가 손에 든 찻잔을 바라보며 넌지시 물었다.

"어찌하다니요?"

양학명이 별다른 내색 없이 답했다.

"후후, 아시면서 제게 감추시는 겝니까, 아니면 저를 떠보 려 하시는 겝니까?"

"허허, 그런 말씀이 어디 있습니까. 제가 감히 황후를 떠보 다니요."

"단도직입적으로 말씀드리죠."

"하명하시죠."

황후는 잠시간의 틈을 두어 차를 마시고 고개를 돌렸다. 황후와 양학명의 눈이 마주쳤다.

"잡으려면 꼬리가 아니라 머리까지 잡아주세요. 관의 대부분이 한곳으로 집중되어 있습니다. 지록위마(指鹿爲馬)라 해도 믿을 만큼이지요. 하나 양 노사라면 충분히 그들과 자웅을 이루시리라 믿습니다."

"음."

양학명은 그녀가 무엇을 말하는지 잘 알고 있었다. 어쩌면 그녀는 모든 것을 알고 있는지도 몰랐다. 척일도가 죽은 이상 시해의 원흉이라 추측되는 그를 대적할 자는 없었다. 혹여 사실을 안다 해도 모른다 하는 것이 살아가기에 편하다 할 수도 있었다.

"아버님을 죽인 범인을 찾아달라 하지 않겠습니다. 누군지 충분히 알고 있으니까요. 하나 그로 인해 후대가 바뀌어서는 안 되겠지요."

"황후!"

양학명이 깜짝 놀라지만 황후의 얼굴에는 아무런 변화도 없었다.

"양 노사를 알아온 지 십 년이 넘었군요. 선대 폐하께서 살아 계실 때부터 알고 지낸 사이입니다. 제가 어찌 황후의 자리에 올랐는지 너무도 잘 아시겠지요. 저는 그런 여인입니다."

낮게 깔리는 황후의 목소리에 항거할 수 없는 위엄과 단호

함이 생겨난다.

"아버님의 시해는 목적을 위해 필히 이루어질 수 있다 생각합니다. 예측하지 못한 것은 아닙니다. 하지만 태자가 황위에 오르지 못하는 것은 어미의 마음으로라도 막을 것입니다."

"음……."

양학명의 얼굴이 가볍게 굳어들었다.

입가에 맺힌 단호함은 어미 된 자의 도리라기보다는 태자가 황위에 올랐을 때 돌아오는 보상이었다.

그녀는 황후가 아니라 모후를 노리고 있는 것이다.

아비의 죽음에 대한 딸의 복수로 포장한 채 그녀 자신의 욕심을 채우려 하고 있는지도 몰랐다.

'역시… 호부 밑에 견자 없다 하더니… 그것이 여인이라도 마찬가지인가?'

양학명은 황후에게 감탄하고 있었다.

척일도는 살아생전 황제가 가장 아끼던 무장 중의 하나였고, 최고의 무장이라 해도 과언이 아니었다.

그의 딸인 황후는 수많은 시련을 딛고 일어난 철의 여인이었다.

연적도 많았고 정적도 많았으나, 치밀한 계획과 거침없는 성격으로 물리치고 지금의 자리에 오른 여인임을 양학명은 너무도 잘 알고 있었다. 어쩌면 황제인 황태극보다, 친황인 황인욱보다 황가에서 더욱 무서운 것은 황후인지도 몰랐다.

양학명은 애써 마음을 감추고 웃었다.

"허허, 황후께선 일개 무부에게 과한 부탁을 하시는구려. 그리고 이번 일은 제가 나서지 않습니다."

"양 노사가 나서지 않는다?"

황후의 눈썹이 살짝 일그러진다.

아침에 들은 바로는 분명 양학명에게 기한을 주기 위해 황제가 무당산으로 파발을 띄웠다 들었는데 그것이 아니란 말인가?

"이 아이가 나설 것입니다."

양학명의 소개에 무명이 입을 열었다.

"무명입니다."

"무명이라……. 그대가 풍룡인가요?"

"예? 그걸 어찌?"

황후는 자체적으로 무인들을 활용하고 있었기 때문에 무림에 대한 소문에 밝았고, 간간이 풍룡이라는 명호를 가진 뛰어난 무인이 출현했다는 것을 들어 알고 있었다.

하지만 이제 막 무림에 등장한 신출내기 고수와 양학명을 비할 바는 아니었다. 더구나 상대하는 적이 너무나 강대했다.

"예. 이 아이가 할 것입니다. 부탁은 이 아이에게 하시지요."

"음……."

황후는 잘생긴 것 이외에는 아무런 느낌도 없는 무명에게 믿음이 가질 않았다.

"믿을 만하실 겝니다."

“음……..”

양학명의 말에도 황후는 미심쩍기만 했다.

“좋습니다. 양 노사를 믿지요. 하나 이 젊은 무인을 믿는 것이 아닙니다. 근래에 위명을 조금 얻었다 하지만 믿기는 힘들군요.”

황후가 무명을 쳐다본다.

“본녀의 아비에 관한 문제이니 제가 조금 도움을 주어도 모자라지 않겠지요?”

“예?”

황후가 품에서 작은 소검을 내놓았다.

검집에 갖가지 보석으로 치장된 검은 언뜻 보기에도 너무도 화려했다.

“아버님께 물려받은 것입니다.”

황후의 말과 함께 방 안으로 무복을 입은 서너 명의 여인이 들어왔다.

“이들이 당신을 돕도록 하겠습니다.”

“음……..”

잘 정련된 듯한 여무사들의 모습에 양학명이 입을 다물고 표정을 굳혔다.

황후의 생각이 매우 잘 읽혔기 때문이다.

분명 도움이 될 것이다.

아직까지 아무런 세력이 없는 무명이다.

그렇다고 해서 양학명이나 송학이 무명을 도울 수는 없다. 만약 그들이 돕게 된다면 무명이 아니라 마교나 화산이 끼어들게 되는 것이나 다름없었다.

그런 점에서 드러나지 않은 황후의 세력은 무명에게 많은 도움이 될 수 있었다.

하지만 관이 함께해서 뒤가 좋은 적은 이제껏 단 한 번도 없었다는 것을 잘 아는 양학명은 무명이 거절하기를 바랐다.

말이 도움이지 감시와 다를 바가 없지 않은가?

"알겠습니다. 그리하지요."

"이보게!"

무명이 선뜻 허락을 해버리자 양학명은 깜짝 놀랐다.

"걱정 마세요. 어차피 하기로 한 것인데 도움을 마다할 이유는 없지요."

"좋아요. 대찬 구석이 있군요. 이들이 최대한의 지원을 아끼지 않을 것입니다."

황후가 기분 좋은 듯이 웃었다.

武林
君子
무림군자

1

양학명과 무명이 무당산으로 돌아온 것은 삼 일 후였다.

이미 황제의 전언이 도착해 팔기군은 철군을 준비하고 있었다. 무당산을 포위했던 보군영의 군사들이 철수하자 정무협의 수뇌들은 한숨을 돌렸다.

"다행입니다. 마교주에게 빚을 졌군요."

법혜 선사의 말에 좌중에 있던 각파의 장문인과 장로들이 깊은 한숨을 내쉬었다.

"그나저나 개방주께서는?"

무진자가 이제야 개방주 적생의 안위를 묻자 그 자리에 있던 미추홀의 얼굴이 와락 일그러졌고, 송학 도장의 얼굴에 불편한 심기가 가득했다.

"이런 후안무치한 놈들 같으니!"

나무라듯이 송학 도장이 말하자 모두가 고개를 숙이고 그의 시선을 피했다.

"그래, 이제 제 놈들 살길을 찾으니 헌신짝 버리듯 한 그의 안위가 걱정되는가?"

"아, 아니… 그것이 아니라……."

법혜 선사가 당황한 얼굴로 변명을 하자 송학 도장이 더 이상 참지 못하고 자리에서 벌떡 일어났다.

"쯧쯧, 어찌 정파가 이리도 타락했더냐! 고고한 학이 노닐던 무당산에 악취가 가득하구나!"

화가 난 목소리로 나무란 송학 도장이 일어나며 나가자 미추홀과 일로검객이 그 뒤를 따라 나갔다.

"음……."

대전 안에는 정적이 흘렀고, 부끄러움에 수뇌들의 얼굴이 달아올랐다.

송학 도장이 답답한 기분에 전각을 나서는데 한 떼의 무인들이 산문으로 들어서고 있었다.

양학명과 무명을 필두로 한 고운 자태의 여류 무인들이었다.

"허허, 어서 오시게, 양 교주. 수고 많았네."

송학 도장이 반가움에 달려갔고, 미추홀이 감사한 마음으로 양학명에게 고개를 숙였다.

"수고는 무슨, 이놈이 한 일인데."

양학명이 무명을 가리키며 어깨를 으쓱대었다.

"수고 많았네. 과연 그의 제자일세. 자네가 개방과 정파 무림을 구했네."

"과찬이십니다."

미추홀이 다가가 공손하게 포권하자 무명이 어찌할 바를 몰라 했다.

"정파의 무인으로 무명님께 감사드립니다."

"아닙니다. 그리 한 일도 없는 것을요."

무명의 겸양에 송학 도장이 당치도 않다는 듯이 손을 내저었다.

"무슨 말을! 응당 감사를 받아야지. 저 안에 있는 썩어빠진 놈들에게는 필히 그리하거라! 제 놈들 기둥뿌리라도 뽑아다 바쳐야 할 것을……."

송학 도장의 심기 불편한 말에 무명이 고개를 갸웃거린다.

처음 볼 때만 해도 인자한 스승과도 같은 분위기의 그가 아니었던가.

"무슨 일이……?"

무명이 슬쩍 미추홀을 바라보자 그가 쓴웃음을 흘렸다.

"됐다. 신경 써서 무엇 하겠느냐. 자, 가자꾸나. 적생 그 친구가 안 그래도 너를 목이 빠져라 기다리고 있다."

"개방주께서요?"

"오냐. 깨어나자마자 너를 찾더구나. 하긴 무황과는 우리 중에서도 가장 각별했으니……."

무명 또한 적생의 마음과 한가지였다.

떠나기 전 그는 분명 일향촌에 대해서 말했다.

무명은 송학 도장의 안내를 받아 무당파의 한적한 곳에 지어진 전각에 도착했다.

그곳엔 이미 개방주 적생이 툇마루에 앉아 술을 마시고 있었다.

그 모습에 송학 도장이 급히 달려가 술병을 빼앗아 버렸다.

"이 사람이! 나은 지 얼마나 되었다고 술인 게야!"

"아니, 이 사람 송학, 어째 내 즐거움을……."

뚱한 표정으로 송학 도장을 바라보던 적생이 무명을 바라본다.

"몸은 많이 나으셨습니까?"

무명이 그 모습에 미소를 지으며 공손하게 인사를 하자 적생의 얼굴에 함박웃음이 지어졌다.

"오, 그래. 황제를 만나 팔기군을 물렸다고? 내 너에게 큰 빚을 지었구나."

"아닙니다."

"아니다. 평생을 두고 갚아야 할 빚인 게지."

“별말씀을……”

“그래, 무황은 잘 있더냐?”

적생이 다른 말은 생략하고 천지무황 장영에 대한 안위부터 물었다.

“이 사람아, 이제 막 황도에서 떠나왔네. 좀 쉬어가며 묻게.”

송학 도장이 핀잔을 주었지만, 무명은 아무렇지도 않게 고개를 내저었다.

“헤어져 뵙지 못한 지가 십 년이 되어갑니다.”

“십 년?”

“예.”

“허, 그렇구만. 그도 참 야박하구만, 이 풍진 세상에 제자를 버려두고 떠나다니 말이야.”

적생이 혀를 차자 무명이 씁쓸하게 웃는다.

“쯧쯧, 모두 해결된 것이 아니야.”

양학명이 씁쓸하게 웃으며 나지막하게 말을 잇자 모두의 시선이 그에게로 집중되었다.

“진범을 잡아야지.”

“진범?”

“그래. 누명을 벗기겠다고 호언장담했으니 응당 그리해야지.”

“그렇게 된 것이구만.”

송학 도장이 이해가 되는지 고개를 끄덕인다.

양학명과 황제가 어떠한 관계인지 무척이나 잘 알고 있었다.

양학명은 원래 청조의 선대 황제와 친분이 두터웠다. 물론 그가 명나라를 침공하기 이전부터라고 할 수 있었다.

하지만 아무리 그러한 친분이 있다고 할지라도 황제의 빙장이 시해된 사건을 그냥 넘길 수는 없으리라.

"어찌할 생각인가? 자네가 나서면 마교가 전면에 서게 될 터인데……."

"나? 나는 당연히 나서지 말아야지."

"그럼?"

송학 도장이 무명을 쳐다본다.

"그래, 저 아이가 나설 게야. 전혀 모자람이 느껴지지 않아서 그리했네만."

양학명의 말에 송학 도장이 고개를 끄덕인다.

"음, 그야 그도 그렇구만. 세가 없으니 그리 문제 될 것도 없고 말이야."

송학 도장의 말은 의미심장한 구석이 있었다.

만약 무명에게 세가 있었다면 무인들로부터 경계를 받게 될 것이다. 관의 눈치만 살피며 자파의 세력을 어떻게든 키워보려는 현 무림 정세에 타세의 힘이 키워지는 것을 바라는 이는 아무도 없을 것이다.

하지만 무명에게는 아무런 세도 없으니 다른 세력으로부터 큰 경계를 받지 않을 것이다.

"내가 돕겠네. 아니, 개방 전체가 도울 것이네."

적생이 호언을 했다.

"그보다……."

무명이 잠시 적생의 말을 끊고 말을 이었다.

"방주님, 혹 전에 말씀하신 일향촌에 대해서 여쭈어도 되겠습니까?"

"응? 일향촌?"

"예."

무명의 말에 적생이 난감한 표정으로 말했다.

"그게… 나도 위치는 잘 모르네. 무황 그 친구의 부탁을 받아서 한 번 이주한 뒤로 그들이 또 한 번 자리를 옮겨서 말이야."

"음……."

무명이 얼굴이 살짝 굳었다.

드디어 과거의 연을 만날 수 있다 생각했는데…….

"그래도 찾으려면 찾을 수 있을 것이네."

"부탁드리겠습니다."

"부탁은 무슨, 입은 은혜가 큰 것을. 아마도 일향촌에 대해서라면 내 제자 취아가… 헉!"

적생이 말하다 말고 깜짝 놀라고 만다.

“큰일이네!”

별안간 큰일이라니 무슨 말인가? 모두가 그의 말에 고개를 갸웃거렸다.

“이런… 취개가 파옥을 할 것이야! 막아야 하네! 절대 막아야 해!”

“응? 취개가 파옥을 하다니? 그게 무슨 말인가?”

송학이 미간을 찌푸리며 물었다.

“이러고 있을 때가 아니야. 서둘러 성도로 가야 하네. 이런 젠장!”

송학 도장의 물음에 대답할 기세도 없이 적생이 자리에서 일어나 난리를 쳤다.

적생은 자신이 죽을 것을 우려해 취개와 방도를 떠나보내며 섬서성에 잡혀 있다는 소취개 취취를 파옥해서라도 구하라는 명을 내렸었다.

무명과 양학명으로 인해 겨우 정무협이 위기에서 벗어났는데 만약 그들이 파옥이라도 하게 되는 날이면 모든 일이 허사로 돌아갈 수밖에 없었다.

“젠장…….”

적생의 얼굴이 와락 일그러졌고, 그의 설명에 모두의 얼굴이 딱딱하게 굳었다.

“젠장, 어딘가?”

양학명이 적생을 다그치듯이 물었다.

"응?"

"막아야지. 자네 제자가 갇힌 곳이 어딘가 말일세."

"섬서성이라 들었네만… 어쩌면 늦었을지도……."

"그건 내가 알아서 함세."

양학명이 벌떡 일어나 방문을 열었다.

"단야, 있는가!"

양학명이 부른 것은 자신의 수하가 아니라 황후가 무명에게 딸려 보낸 여류 무장이었다.

"찾으셨습니까?"

고운 자태를 보이며 문 앞으로 다가오는 북궁단야의 모습에 모두가 고개를 갸웃거렸다.

처음 보는 여인이다.

"섬서성에 기별을 넣어주게. 개방의 소취개란 아이가 있을 것이네. 그들을 방면해 달라 청하시게."

"어째서요?"

"뭐라고?"

"양 노사께서는 저희에게 명할 위치가 아니십니다."

"뭐……."

양학명의 위명을 아는지 모르는지 단야의 대답은 당차기 그지없었다. 감히 양학명에게 저런 대답을 내놓을 수 있다는 사실에 모두의 얼굴에 놀람이 가득했다.

여인은 그런 모두의 반응에 아랑곳하지 않고 무명을 쳐다본다.

"음… 서둘러 주세요."

"중요한 것입니까?"

"예, 중요합니다."

무명은 조금의 고민도 없이 말하고는 여인의 시선을 마주했다.

"알겠습니다. 그렇게 하지요. 하지만 적어도 서너 시진은 걸릴 것입니다."

서너 시진이라니, 말을 달려서 가도 반나절은 걸릴 거리이다.

하지만 그녀의 말과 표정은 확신에 가까운 것이었다.

"그럼 부탁드리겠습니다."

"예."

"아, 그리고…….."

무명이 무언가 생각났는지 말을 잇자 여인이 수하를 부르려다가 고개를 돌려 무명을 쳐다본다.

"그들을 데려와 주세요."

"데려오라구요?"

"예."

"음… 알겠습니다. 그리하지요."

"감사합니다."

무명이 감사의 마음을 담아 고개를 숙이자 여인은 방문을 닫고 밖으로 나갔다.

모두가 궁금증이 가득한 얼굴로 무명과 양학명을 쳐다본다.

"누군가?"

송학 도장이 양학명에게 물었다.

"황가의 인물이네."

"황가?"

"음… 말하자면 감시 역할인 게지. 하나 이 일이 끝날 때까지는 아마도 든든한 우군이 될 것이네."

2

휘이잉.

바람이 분다.

온 세상이 내려다보일 정도로 높은 산악에 선 사내는 산하를 굽어보고 있었다.

단지 서 있기만 하는 것인데도 마치 그가 세상의 주인인 것처럼 장엄한 풍경이 되었다.

뭇 산들을 아우르며 하늘로 치솟아 구름을 아래에 둔 산악이었으나 오히려 사내를 위해 존재하는 것처럼 느껴졌다.

수천 년을 이어오며 풍파에 깎이고 깎여 만들어진 절벽 면은 그를 떠받히는 듯이 보였고 구름은 그의 몸을 애무하듯 조심스럽게 휘감아 돌았다.

"저곳이 중원인가?"

먼 곳에 시선을 두어 이루 말할 수 없을 정도로 깊어 보이는 눈으로 희미하게 보이는 고봉(高峰)들을 바라보며 사내의 입이 열렸다.

"예, 귀왕."

극공의 예를 취하며 바위틈에 머리를 처박고 엎드린 노인이 공손히 대답했다.

"앞으로 귀왕께서 취해야 할 곳입니다."

"취해야 한다……."

"예. 세상의 주인이 되셔야지요. 멍청한 청조 놈들을 몰아내고 제집 지키기에 바쁜 아둔한 무인 놈들을 쓸어버리고 주인이 되셔야지요."

비록 머리를 숙이고 있었지만 노인의 음성에서는 굳은 의지가 느껴졌다.

흑발을 바람에 내맡겨두고 뒷짐을 지고 선 흑의사내 귀왕 주량은 담담한 눈으로 세상을 아울렀다.

"세상의 주인… 그래, 내가 빼앗긴 모든 것을 되찾을 것이다."

"예, 귀왕. 당연히 그리하셔야지요."

옷자락을 펄럭이며 뒤돌아선 주량의 입가에 결연한 의지

가 배어났다.

눈에서는 정광이 흐르고, 온몸에서는 산악조차 허물 듯한 패도적인 기운이 줄기줄기 새어 나온다.

"천귀."

"하명하십시오."

"반나절을 주겠다. 반나절 안에 사천을 취하라. 사천에 나와 관계되지 않은 자가 있다면 너의 목을 베겠다."

"존명!"

"포로는 필요하지 않다. 관이든 무림이든 모조리 부순다."

대답조차 듣지 않은 주량이 까마득한 절벽을 향해 일보를 내디뎠다.

순식간에 구름 아래로 떨어진 그가 모습을 감추었다.

"존명!"

천귀가 희열에 찬 목소리를 높여 대답하고 한참이나 엎드려 있었다.

드디어 시작되었다.

거인의 일보가 무림을 향해 내디뎌진 것이다.

*　　　*　　　*

수백의 군마가 먼지바람을 일으키며 내달리고, 지면을 박차고 달려나가는 무인들은 한 번에 서너 장을 뛰어넘었다.

“저게 뭐야?”

성문을 지키던 군사들은 멀리 보이는 먼지바람을 향해 시선을 집중했다.

접경 지역이 아니니 적이 쳐들어올 리도 없건만 때 아닌 군마는 도대체가 무슨 연유란 말인가.

군마를 앞서 달려오는 사람들은 귀신처럼 빠르게 접근해 왔다.

“뭐, 뭐야?”

공간을 뛰어넘어 오는 것처럼 금세 당도한 흑의인들이 새하얀 이를 드러내며 사이한 미소를 지었고, 허리춤에서 빠져나온 검이 백광을 허공에 수놓는다.

거창한 초식 명도 필요없었다.

수십여 명에 달하는 살귀들이 성문을 지키던 군사들을 일합에 베어내고 달려오던 속도 그대로 성벽을 뛰어넘었다.

“비켜라!”

뒤이은 군마의 선두에서 우레와 같은 목소리가 터져 나왔다.

성문이 열리지 않았음에도 군마는 미친 듯이 투레질할 뿐 그 속도를 늦추지 않았다.

고작 삼 장여.

금세라도 부딪칠 듯 가까워진 거리에서 마상에 올랐던 기수가 등 어림에 메어둔 거대한 망치를 꺼내 들고 말 등을 뛰어 성문을 향해 쏘아져 나갔다.

"일격천패(一擊天敗)!"

엄청난 외침과 함께 휘둘러진 망치가 성문을 때렸다.

꾸웅!

한 뼘이 넘는 성문이 버티지 못하고 부서져 나간다.

성문을 부순 사내는 달려오는 말고삐를 잡고 그대로 뛰어올라 성문을 빠져나갔다.

그 뒤를 따라 군마들이 쐐기처럼 대형을 만들어 성문을 질주해 뛰어들었다.

"달려라! 뒤처지는 놈은 목을 벤다! 두 번째 목표는 감자현(甘孜縣)이다!"

두두두두!

말발굽이 지축을 울리며 거세게 요동쳤다.

그들의 행보 뒤에 남은 것은 부서진 성문과 수많은 군졸의 시체뿐이었다.

3

"감축드립니다. 귀주, 섬서, 하남, 호남, 산서, 광서까지 여섯 개 성도의 세력이 련주님 아래로 들었습니다."

"감축드립니다!"

모두가 목 놓아 읍했다.

피로 물든 태사의에 앉은 방시혁이 술잔을 들어 술을 들이켜고는 만족스러운 미소를 지었다.

"후후, 내가 한 것이 무엇이 있겠는가? 모두가 군사의 힘이지."

방시혁의 칭찬에 독서생 곽주한이 고개를 숙여 화답했다.

"아닙니다. 모두가 련주님의 힘이지요."

육 개 성을 돌아 호남성에 잠시 질주를 멈춘 사흑련은 정파가 지배하던 곳을 모조리 손에 넣고 휴식을 취했다.

"그보다 팔기군이 무당산에서 물러났다고?"

"예. 황제가 전령을 내렸다고 하더군요."

"음… 황제가 전령을 내렸다……."

방시혁의 얼굴이 살짝 찡그려지자 곽주한이 살며시 미소를 지었다.

"예상했던 일입니다, 정파가 그리 녹록치는 않을 것이라는 것을요. 하나 이미 늦었습니다. 패퇴한 각파의 무인들이 무당으로 도주했으니 그들도 지금쯤 소식을 접했을 테지요."

곽주한의 미소가 짙어졌다.

"이제는 무당산이 있는 호북성만이 남았습니다. 정무협이 무너지면 더 이상 적은 없습니다."

"오가회가 있질 않는가?"

방시혁이 슬쩍 곽주한의 옆에 서 있는 제갈선혜의 얼굴을 쳐다본다.

"그 일은 걱정 마시길. 이미 그들에게 연통을 보냈습니다. 힘의 축이 무너진 이상 그들 또한 거절치는 못할 것입니다."

"흠… 그렇다면 다행이지."

"오가회는 더 이상 힘이 없습니다. 이미 각 성의 무관이며 문파들이 련의 아래로 모여들고 있습니다. 조만간 오가회에 정식으로 화친서를 보낼 생각입니다."

제갈성혜는 곽주한이 자신을 보며 말하자 얼굴을 살짝 찡그렸으나 이내 평정을 되찾았다. 그녀 또한 이미 대세가 기울었음을 알고 있었다.

모두가 즐거운 한때를 보내던 그때,

"군사!"

밀원주 막야가 헐레벌떡 뛰어들어 온다.

"련주님 계시는 곳에 이 무슨 불경한 행동입니까!"

곽주한이 큰 소리로 호통을 쳤지만 막야는 예를 취할 만한 상황이 아님을 알기에 방시혁에게 예를 차리는 둥 마는 둥 하며 손에 들린 밀지를 독서생에게 전했다.

지금의 행동이 마음에 들지는 않았지만 곽주한은 인상을 찡그리면서도 그가 내민 밀지를 펼쳤다.

밀지에 적힌 글귀를 읽어 내리는 순간 곽주한의 낯빛이 허옇게 물들고 표정이 딱딱하게 굳었다.

"이… 이게……."

곽주한이 눈을 튀어나올 정도로 부릅뜨자 좌중이 조용해

졌다.

방시혁은 무슨 일인가 궁금해 물었다.

"무슨 일인가?"

"귀, 귀문이……."

"귀문? 청해의 귀문이 왜?"

"움직였습니다."

"뭐?"

방시혁이 깜짝 놀라며 자리에서 벌떡 일어났다.

"현재 귀문이 움직였습니다. 석집(石濼), 감자(甘孜), 단파(丹巴)가 무너졌고, 현재 청성산을 향해 움직이고 있습니다."

밀원주가 창백해진 안색으로 보고했다.

"뭐라고?"

청해성에서 두문불출하던 그들이 언제 움직였단 말인가?

"그때까지 밀원에서는 무얼 하고 있었단 말이요! 석집에서부터 단파까지는 거의 천 리가 넘는 길이 아닌가!"

사황대주 천하성이 질책하듯이 말했다.

"죄송합니다. 하지만 고작 반나절이 되지 않아 일어난 일이라……."

"뭣이!"

"뭐라?"

곳곳에서 당혹성이 터져 나온다.

설마 반나절도 되지 않아서 석집에서부터 단파까지 달려

왔단 말인가?

한 번도 쉬지 않고 질주해야 가능한 속도였다. 하물며 적과 대치하며 움직인다면 절대로 불가능했다.

"그들은 모두 삼 대로 나누어져 이동하고 있습니다. 선봉이 관문을 깨며 질주하고 본군이 각 지역의 무관을 비롯한 관청을 습격했습니다. 현재 후발대는 잔여 세력을 무너뜨리며 이동 중입니다."

밀원주의 보고에 모두가 할 말을 잃고 탄식을 터뜨렸다.

곽주한이 굳은 얼굴로 묻는다.

"모두 몇인가?"

"정확히 파악하지는 못했으나 선봉은 일백여이며 본군과 후발대의 규모는 파악되지 않고 있습니다."

밀원주 막야의 말은 충격을 주기에 충분했다.

일백이라니, 일백으로 가능한 일이었단 말인가?

"귀왕은, 귀왕의 모습은 어디에 있었습니까?"

"그것이……."

다그치듯 묻는 곽주한의 말에 막야가 머뭇거렸다.

"말하라!"

"없습니다. 귀왕 주량의 모습은 그 어디에서도 보이지 않았습니다."

"뭐라!"

곽주한이 순간 두통이 오는지 머리를 부여잡고 비틀거렸다.

“군사!”

“곽 공자!”

방시혁과 제갈선혜가 곽주한을 부축했다.

“괜찮습니다. 잠시 현기증이…….”

부축하는 손을 거부한 곽주한이 어금니를 깨물며 자세를 바로 했다.

얼굴이 와락 일그러진 그는 손톱을 깨물며 생각을 정리했다.

‘귀왕이 없는 일백으로… 실책이다. 너무 빨라.’

곽주한이 아무런 말도 하지 못하고 난색을 표하는 동안 밀원의 무사 하나가 또다시 뛰어들어 막야에게 귓속말로 무언가 전했다.

“뭐냐!”

막야의 얼굴이 순식간에 사색이 되어가자 방시혁이 조바심이 나는지 묻는다.

수하가 전한 내용에 얼굴이 창백해져 버린 막야가 허탈한 음성으로 대답했다.

“당문… 당문이 무너졌습니다.”

“뭐라?”

“당문이!”

“그런!”

좀 전보다 더욱 놀라운 상황이었다.

"당문이 무너지다니, 무슨 말이냐?"

방시혁이 밀원의 무사에게 다그치듯 묻는다.

"당문이 한 시진도 버티지 못하고 무너졌습니다. 피해 규모는 몰살입니다."

말 그대로 파죽지세였다.

귀문은 단 한순간의 흔들림도 없이 몰아쳐 내려오고 있었다.

"련주, 이러고 있을 때가 아닙니다. 련이 위험합니다. 당문이 무너졌다면 다음은 련의 총단입니다."

"그렇습니다. 서둘러 무인대를 꾸려 그들을 막아야 합니다."

이곳저곳에서 불안감에 찬 목소리가 터져 나온다.

육 개 성 칠십여 개의 문파를 무너뜨리며 진군해 온 사흑련의 횡보에 커다란 걸림돌이 생긴 것이다.

"늦었습니다."

곽주한이 허탈하게 말하자 모두의 시선이 집중되었다.

"당문이 한 시진도 버티지 못했다면 주력이 빠져나온 본련의 총단이 가진 힘으로는 한 시진, 아니, 반 각도 버티지 못할 것이 자명합니다. 지금 무인대를 꾸려 보낸다고 해봐야 이미 늦었습니다."

곽주한은 침통한 표정으로 주저앉았다.

예상치 못한 실수였다.

적어도 일 년은 예상했다. 정보가 잘못된 것이란 말인가?

귀문이 본격적으로 나선 이상 모든 것을 수정해야만 했다.

정무협이 갇힌 동안 사흑련이 무림을 정벌한 것까지는 좋았으나 팔기군이 회군한 것은 예상 밖이었다. 완전히 무너졌으면 좋겠지만 살아남은 이상 공격은 무의미했다.

하지만 시간은 충분했다.

정무협은 더 이상 사흑련의 위협이 되질 못했다.

자파의 세력만을 보장해 주면 관을 업고 있는 사흑련에 귀속해 올 것이 분명했다.

제갈선혜와 공조한 이상 오가회 또한 머지않아 동맹 관계로 발전할 것이다.

무림을 장악하고 힘을 키우는 동안 자신의 계략이 드러나고 척일도의 시해에 황인욱이 연관되어 있다는 소문이 퍼졌어야 한다.

양패구상의 계를 세운 것이었다.

황제의 분노에 의해 황인욱은 반드시 참수당할 것이고 무림 또한 정벌될 것이 자명했다.

자신을 따라준 사흑련의 무인들에게는 미안하지만 곽주한의 노림수는 그것이었다.

아비를 죽이고 일향촌에 핍박을 가한 팔기군에게 복수하고 무공을 익히지 못하는 자신을 비웃은 무인들에게 뼈아픈 기억을 남겨주는 것.

또 하나, 지금에 와서 무당산을 칠 수는 없었다.

이미 그곳에 마교주 양학명과 송학 도장이 나타났고, 송학의 제자인 미추홀에, 찢어 죽여도 시원치 않을 풍룡 무명이 함께하고 있다는 정보를 전해 들었다.

손발이 잘려 버린 정무협이지만 순식간에 용담호혈로 변해 버린 것이다.

"련주."

곽주한이 일어나 입을 열자 모두의 시선이 집중되었다.

"귀왕을 만나야겠습니다."

"뭐?"

"그들의 목적을 알아야겠습니다. 또한 그들의 규모를 정확히 알아야 합니다. 그들이 가진 힘을 모른 채 상대하는 것은 이란격석과 다름없습니다."

"음."

아무도 대답하지 못했다.

4

질주하던 말이 멈춰서 땅바닥을 박차며 투레질을 해대었다.

수십 기의 말 위에 오른 무인들은 표정조차 변하지 않은 채로 거대한 전각을 바라보고 있었다.

바람이 먼지를 휘날렸다.

수십 기의 군마가 양측으로 갈라졌다.

다각다각다각!

물러난 말들 사이로 윤기 넘치는 갈기를 휘날리며 들어오는 흑마 위에 앉은 사내.

말고삐조차 잡지 않고 허리춤에 매여 있는 술병을 입가로 가져갔다.

"먼지바람에는 죽엽청이 제격이지."

술맛을 음미하듯 기분 좋은 웃음을 흘린 그는 천천히 말을 몰아 기마의 선두로 향했다.

귀왕 주량.

시대의 풍운아이자 거인으로 자라난 그가 석집(石㵎), 감자(甘孜), 단파(丹巴), 대읍(大邑)의 현을 뚫고 사천성의 성도에 도착한 것이다.

"저곳이 사흑련인가?"

주량의 무미건조한 음성에 뒤에 있던 귀면탈의 사내가 말에서 뛰어내려 대답했다.

"예, 귀왕!"

"제법 좋은 건물에 사는군."

주량의 입가에 가소롭다는 느낌의 미소가 어린다.

"적귀."

“예.”

“얼마나 필요하지?”

밑도 끝도 없는 물음이었으나 적귀는 특별한 고민 없이 대답했다.

“일각이면 됩니다.”

“일각이라……. 적귀, 다시 고해라. 자만은 좋지 않다.”

“자만이 아닙니다. 이미 저들의 주력이 빠져나갔고 그들의 총수인 칠절도가 없습니다. 일각이면 충분합니다.”

“일각이라…….”

오만한 다짐이었다.

여섯 개 성도를 무너뜨리고 수천 무인을 규합해 거대 문파로 자라난 사흑련의 본산을 고작 일각 만에 무너뜨리겠다니… 불가능한 일이었다.

하지만 그 오만이 마음에 들었는지 주량이 적귀를 보며 웃었다.

“좋다, 너를 믿겠다.”

주량은 더 이상 말을 하지 않았다.

하지만 이 순간 적귀는 가슴이 벅차오르는 것만 같았다.

주량은 귀문의 절대자이자 수백 년의 역사 속에서 최강이라 불려도 좋을 만큼 강한 무인이고 자신의 주군이다.

모두의 만류를 뿌리치고 그 대단하다는 마교주와 일전의 벌였을 정도로 뛰어난 그의 한마디에, 적귀가 가슴을 펴고 일어났다.

주량이 술병을 입에 가져가며 시선조차 주지 않고 있었지만 가슴이 벅차오른 적귀는 그를 향해 다짐하듯 말했다.

"속하 적귀, 일각 안에 사흑련의 본각을 무너뜨리고 오겠습니다!"

적귀가 몸을 돌렸다.

귀면탈 아래로 드러난 그의 눈이 엄청난 살광을 뿌리며 사흑련의 거대한 전각을 바라본다.

"가자! 뒤처지는 놈은 용서하지 않겠다!"

적귀의 발이 지면을 박찼다.

흙이 튀어 올랐다가 바닥에 닿기 전에 이미 적귀의 신형이 사흑련의 코앞까지 쏘아져 나갔다.

두두두두!

갈라섰던 수십 기의 말이 미친 듯이 질주했고, 흑의 무복을 입은 사내들이 사흑련을 향해 달음질쳤다.

"뭐냐? 크악!"

사흑련의 정문을 지키던 무인은 물음에 답을 듣지도 못한 채로 단발마의 비명성과 함께 갈가리 찢겨져 나갔다.

외벽을 막아둔 정문이 산산조각이 나서 터져 나갔고 사방에서 비명성이 쏟아져 나오기 시작했다.

"으악!"

적귀와 귀문의 무인들은 한순간도 멈추지 않았다.

마치 숨조차 쉬지 않는 것처럼 칼을 휘둘렀고, 그때마다 어김없이 피가 튀어 올랐다.

주력이 빠져나가 버린 사흑련의 무인들은 최정예로 구성된 귀문의 무인들을 당해낼 수가 없었다.

사흑련은 순식간에 아비규환의 대지로 변하고 있었다.

"후우!"

주량이 고개를 돌려 구름 한 점 없이 청명한 하늘을 바라보며 미소를 지었다.

멀리서 한 떼의 인마가 주량을 향해 달려왔다.

"속하 백귀, 귀왕을 뵙습니다!"

"음."

그들은 백귀를 비롯한 귀문의 무인들이었다.

"고하라."

주량의 옆에 있던 천귀가 주량을 대신해 물었다.

"청성파는 괴멸되었습니다. 본 문의 사망자는 다섯입니다."

"음……."

백귀의 보고에 주량의 미간이 살짝 일그러진다.

"다섯이 죽었다……."

"죄송합니다."

"그 다섯 모두 내 형제다."

주량이 백귀를 쳐다보자 그가 땅바닥에 머리를 처박는다.

“속하, 한 팔을 자르겠습니다.”

백귀는 서슴없이 검을 들고 자신의 팔을 쳐내려 했다. 하지만 그의 행동은 이어지지 못했다.

주량이 일으킨 무형의 압력이 그를 옭아매어 움직이지 못하게 했기 때문이다.

“섣부르게 행동하지 말라.”

“…….”

“앞으로 또다시 실수를 하면 내 직접 그 목을 자르겠다.”

낮게 깔린 음성이었지만 백귀는 등 어림에 소름이 돋아 오르는 것만 같았다.

“조, 존명!”

백귀가 바닥에 머리를 찍어대었다.

주량은 그 모습은 신경조차 쓰지 않고 사흑련을 향해 고개를 돌렸다.

“흠, 거의 끝난 모양이군.”

주량은 나지막한 목소리로 천귀를 향해 말했다.

“은귀가 늦군. 반나절이 조금 넘은 것인가?”

높낮이없이 아무렇게나 던진 말이었으나 천귀의 얼굴이 딱딱하게 굳었다.

주량에게 약속한 것은 반나절.

반나절 안에 사천성을 무너뜨리겠다고 했다.

사천성의 거대 문파는 총 네 곳이었다.

당문과 청성파, 아미파, 그리고 이곳 사흑련.

귀문은 총 세 개의 세력으로 나누어 적귀를 중심으로 당문과 사흑련을 쳤고, 백귀로 하여금 청성파를, 은귀로 하여금 아미파를 치게 했다.

사흑련에 의해 힘을 잃어버린 청성과 아미파는 아무런 방비도 없이 뿌리째 뽑혀 나가 버렸다.

귀문과 청성, 아미에서 싸운 것은 대부분이 사흑련에서 파견된 무인들이었다.

이미 그들은 회생이 불가능할 정도로 상처를 입었음에도 귀문은 일말의 동정조차 베풀지 않았다.

지금도 후위에서는 귀문의 무인들이 각 지역의 중소 방파와 관청을 무너뜨리며 내려오고 있었다.

"천귀."

"예, 귀왕!"

"사흑련이 무너지면 반나절을 쉰다."

"반나절……."

"청해와 감숙 사천의 성도가 무너졌으니 관에서도 보고 있지만은 않겠지."

주량이 잠시 말을 끊고 술을 들이켰다.

맞는 말이다.

귀문에게 있어 정파니 사파니 하는 것은 무의미했다.

귀문의 목적은 하늘을 뒤엎는 것.

그리고 새로운 세상의 주인이 되는 것.

그들의 적은 세상 모두였다.

"귀문의 주력은 일천의 귀혼이 전부다. 한 번에 몰아치지 않으면 저들의 세에 당할 수도 있다."

"알고 있습니다."

"하나 비록 수가 적다 해서 저들에게 진다는 것은 아니다. 자금성까지 한 번에 뚫고 지나간다. 필요하다면 저들이 몸서리칠 만큼 공포를 전해준다."

"존명!"

주량이 미소를 머금은 채로 하늘을 바라보았다.

왠지 시원스러운 하늘이다.

"천귀, 늦다."

무엇을 말하는지 알고 있는 천귀였다.

"서두르겠습니다!"

대답과 동시에 천귀가 사흑련을 향해 내달렸다.

얼마 지나지 않아 사흑련 총단에 지어졌던 거대한 전각이 엄청난 굉음을 만들어내며 무너져 내리기 시작했다.

"큭, 좋아. 그래야지."

주량의 얼굴에 만족스러운 미소가 어렸다.

5

무림에 피바람이 불고 있었다.

첫 번째 바람은 사흑련에서 시작되었다.

사흑련에 의해 여섯 개의 성도 무림 문파가 무너지고 거대한 세력권이 만들어졌다. 사흑련에 밀려 나간 정무협은 호북성 무당산을 중심으로 뭉쳤다.

세력의 기반과 무인들을 빼앗겨 버린 정무협은 더 이상 구주강호의 호랑이가 되지 못했다.

두 번째 바람은 청해를 집어삼켰던 귀문에서 시작되었다.

고작 반나절 만에 열두 개의 중소 방파와 당문, 아미파, 청성파, 사흑련의 총단을 무너뜨리고 사천성을 점령해 버렸다.

사흑련의 발호와 그들의 차이점이라면 귀문은 관인들마저 베어버렸다는 것이다.

칼을 들고 있는 자라면 관인이든 무인이든 모조리 몰살시켰다.

무림 전체에 혼란이 시작된 것이다.

쾅!

움켜쥔 주먹이 탁자 위를 거세게 때렸다.

"감히!"

송학 도장은 분노를 감추지 못했다.

무진자가 전해준 소식에 당장에라도 검을 쥐고 뛰쳐나가려는 것을 마교주 양학명이 가까스로 막았다.

화산파가 무너졌다.

그것도 주춧돌조차 남기지 못하고 전각이 불타오르고 장문인을 비롯한 화산의 모든 제자가 목숨을 잃었다고 한다.

화산, 청성, 아미, 종남.

구대문파의 네 곳이 멸문에 가까운 타격을 입었다.

정무협은 말 그대로 초상집이나 다름없었다.

숨소리조차 들리지 않을 정도의 적막감과 분노가 무당산 전체를 감싸고 올랐다.

정무협이 당장의 위기를 극복하기 위해서는 송학 도장의 도움이 절실했다.

그의 존재 하나만으로도 사흑련이 함부로 무당산에 오르지는 못할 것이다.

더구나 마교주 양학명과 그의 호위인 수라대, 그리고 천지무황의 제자인 풍룡이 함께하니 무엇보다 든든한 힘이 아닐 수가 없었다.

문제는 더 이상 송학 도장이 정무협을 지지하지 않는다는 것이다.

"그래서 지금 나에게 도와달라 하는 것인가!"

송학 도장의 분노가 법혜 선사를 비롯한 정파의 수뇌들에게 쏟아졌다.

"추잡하구나, 법혜여! 그대들이 개방에게 어찌 대했는지를 벌써 잊었단 말인가?"

송학 도장을 찾아왔던 법혜 선사는 고개를 들 수가 없었다.

"소림의 가르침을 이어 불도에 전념한 그대가 어찌 그따위 소리를 할 수 있단 말이던가? 신의를 헌신짝처럼 버린 그대들이……."

"소, 송학 도장……."

"닥쳐라!"

무진자의 끼어듦에 송학 도장의 불호령이 떨어지자 금세 목을 움츠리고 만다.

"강호와의 정을 끊은 지 이십 년이 흘렀으나 화산의 복수는 스스로 할 것이다. 하나 그대들과의 인연은 이미 끊어졌다. 앞으로도 다시는 그대들과 상종하지 않을 생각이다!"

송학 도장은 법혜 선사를 비웃으며 등을 돌려 버렸다.

머쓱해진 정파의 수뇌들은 아무 말도 하지 못한 채 돌아가 버렸다.

송학 도장의 서슬 퍼런 기세에 무명을 비롯한 모두가 아무 말도 하지 못한 채 침묵을 지켰다.

"그래, 어찌할 생각이야?"

조용한 분위기를 깬 것은 양학명이었다.

"되갚아주어야지."

송학 도장이 대답했다.

"허허, 어찌 되갚을 생각인가? 혼자서 모두를 당할 수는 없는 법이야."

"음……."

양학명이 하고자 하는 말을 송학 도장도 잘 알고 있었다.

여섯 개 성도의 주인이 되어버린 사흑련의 힘은 아무리 송학 도장이 최강자의 칭호를 가지고 있다 할지라도 쉬운 것이 아니었다.

"어쨌든 대단한 녀석일세."

"그게 무슨 소린가?"

"사흑련을 움직이는 녀석 말일세. 아마도 자네의 개입을 예상하고 있을 것이야. 그럼에도 거사를 일으켰다는 것은 무언가 생각이 있다는 것인데… 나는 그들이 무슨 생각을 하고 있는지가 더욱 궁금하구만."

"음……."

일리있는 말이었다.

자파가 멸문했다는 말을 들어 분노한 송학 도장이었지만 그 역시 무인이었다.

고금의 역사를 내려오면서 수없이 많은 위험과 멸문의 위기를 넘겨온 화산이다.

일찍이 눈앞에 있는 양학명이 무림을 정벌하고자 할 때도 마찬가지가 아니었던가. 어차피 무림에서 칼밥을 먹고살아 가자면 어쩔 수가 없는 일이기도 했다.

"전해 듣기로는 귀문이 움직였다더군."

"귀문?"

양학명의 말에 송학 도장이 눈썹을 찡그렸다.

세속에 다시 나온 지 얼마 되지 않으니 들어본 적이 없는 이름이다.

"왜, 일전에 말했지 않은가? 청해성을 놓고 한 놈과 겨루었다고."

"아."

"크크, 그놈이 드디어 움직이기 시작한 모양이야. 사흑련 놈들도 귀가 있으니 아마 그 일로 뒷덜미가 서늘할 게야."

양학명은 무엇이 그리 좋은지 기분 좋은 미소를 지었다.

어차피 정파의 위기와 아무런 상관이 없는 인물이었으니 그럴 만도 했다. 정파가 어찌 되든 그는 눈 하나 까딱하지 않을 것이다. 그것이 마교라 할지라도 그럴 것이다.

그 사실을 잘 알고 있는 송학 도장은 아무렇지도 않아했으나 그 자리에 모여 있던 화산의 무인들은 얼굴을 찡그렸다.

"재미있을 게야. 나는 사흑련이 놈과 어떤 일전을 벌일지가 더 궁금하다네."

"음……."

송학 도장의 표정이 무거워졌다.

"일단 기다려 보게."

양학명은 웃고 있었지만 송학 도장의 얼굴은 무겁기만 했
다.

6

송학 도장과 양학명이 이야기를 나누고 있을 무렵,
무명은 적생과 함께 무당산을 내려와 있었다.
황후가 딸려 보낸 북궁단야가 개방의 후개인 소취개와 그
녀와 함께 있던 개방도를 구해 데려오고 있다는 서신을 보냈
기 때문이다.
"저기 오는군요."
모용찬이 멀리 관도 끝을 바라보며 손으로 가리켰다.
멀리 말을 타고 오는 한 떼의 인영들이 보였다.
얼마 지나지 않아 도착한 북궁단야가 말을 멈추고 무명에
게 인사를 했다.
"말씀하신 대로 구해왔습니다."
"감사합니다."
둘이 인사를 나누는 동안 적생이 후위에 따라온 인물들을
보면서 황급히 달려갔다.
"고생했다."
습막이 한껏 차오른 적생이 울음을 참고 말하자 오결이 말
에서 뛰어내려 급히 예를 갖추었다.

"오결이 방주를 뵙습니다."

그의 뒤로 칠걸이 예를 취했다.

옥에 갇혀 있었기 때문인지 많이 수척해진 모습이었다.

"제길……."

소취개 취취는 무엇이 마음에 들지 않는지 어금니를 물고 있었다.

"이 녀석, 어서 방주님께 인사드리지 않고 무얼 하는 게냐?"

오결이 꾸짖자 취취가 건성으로 인사하고는 다짜고짜 적생에게 묻는다.

"누구예요?"

"응?"

"알 거 아니에요. 우리한테 누명을 씌운 그 씹어먹을 종자가?"

취취의 언변은 거침없었다.

"어떤 놈 새끼인지 잡히면 뒤질 줄 알아."

한동안 옥에서 고생이 심했을 터인데 그녀의 성격은 전혀 변함이 없었다.

"허허, 녀석. 어쨌든 다행이다. 이리 와서 서로 인사하거라. 니들의 목을 보살펴 준 아이다."

적생이 무명을 소개하자 모두의 시선이 쏠렸다.

"무명이라고 합니다."

무명의 인사에 모두가 깜짝 놀란다.

정보를 업으로 삼고 있는 그들이 무명을 모를 리가 없었다.

"풍룡?"

오결의 되물음에 무명이 부끄러운 듯이 뒷머리를 긁적거렸다.

"그리되었습니다."

"허!"

근래에 중원을 울리던 사룡 중 일인을 만났으니 어찌 놀랍지 않을 것인가?

"은, 은인을 뵙습니다."

취취를 제외한 칠결과 오결이 얼떨떨한 표정으로 포권을 했다.

"그보다… 취개를 만나지 못했는가?"

적생이 오결에게 묻는다.

"아, 만났습니다. 하마터면 큰일이 날 뻔했지 뭡니까? 다행히 표식을 보고 찾아 막기는 했지만 때마침 저 소저가 오지 않았다면 누명이 완전히 굳어버렸을 겁니다."

"으음… 다행이구만."

적생이 가슴을 쓸어내렸다.

"그래, 취개와 방도들은 어디에 있다던가?"

"일단 섬서성 인근에 자리를 잡았을 것입니다. 북궁단야라는 소저가 방주님의 무사 소식을 전해준 덕분에 지금 몸을 추스르고 기다리고 있습니다. 저희는 일단 방주님을 만나기 위해서……."

"잘되었구만."

적생이 다시금 안도의 숨을 내쉬었다.

개방의 인물들이 두런두런 이야기를 나누는 동안 북궁단야가 무명에게 묻는다.

"이제 무엇을 하실 생각입니까?"

"예?"

"저들을 구해야 하는 이유는 모르겠으나 마마와의 약속을 잊으셔서는 안 될 것입니다."

"아, 걱정 마세요. 그 약속은 절대 지켜질 것입니다. 저들을 구한 이유는 모든 사건의 중심에 있었기 때문이지요."

"……."

무명이 미소를 짓자 북궁단야는 무표정한 얼굴로 물러났다.

"개방주님."

자신들끼리의 이야기에 빠져 있는 개방의 인물들을 향해 무명이 조심스럽게 다가갔다.

"아, 왜 그러나? 말씀하시게."

"저를 좀 도와주셔야겠습니다."

"응?"

"혹, 현재 무림 정세를 알아볼 수 있는 정보를 제공해 주셨으면 합니다."

"무림 정세를?"

"예."

"그건 어째서인가?"

"정무협을 위험에 빠뜨리고 개방에 누명을 씌운 인물은 적어도 그 일로 이익을 취할 수 있는 자겠지요."

"음."

"그러자면 누가 가장 많은 이익을 취할 수 있는지 알아야겠습니다."

무명의 차분한 말에 오결이 나선다.

"알아보고 말 것도 없지요. 사흑련일 겁니다."

"사흑련?"

"정확하진 않지만 거의 확실할 겁니다, 은인. 방에 취합된 정보를 보면 사흑련의 군사인 독서생이 황기군장을 은밀히 만났다고 하더군요."

"흠."

"독서생이라면?"

모용찬이 독서생이라는 말에 고개를 갸웃거리며 무명을 쳐다보았다.

무명 또한 오결의 대답에 자신의 턱 언저리를 쓸며 인상을 찌푸렸다.

일전에 사흑련주 방시혁을 만나본 바 있고, 그와 검을 나눈

적도 있다.

'음모를 꾸밀 인물로 보이지는 않았는데…….'

무명이 보았던 방시혁은 음모를 꾸미기보다는 전면에 나서는 성격으로 보였다.

"좀 더 알아봐야지요. 섣불리 단정할 수는 없습니다."

第六章

야랑(夜郎)

武林君子
무림군자

1

동정호 천향루.

어두운 밤을 더욱 고즈넉하게 만드는 금음이 얕게 일렁이는 물결 소리에 섞여 그 운치를 더하고, 선상 누각의 휘영청 불빛이 동정호의 곳곳을 밝히고 있었다.

취객들은 기녀들의 하늘거리는 춤사위와 술을 따르며 흘리는 콧소리에 취해 세상 흐름조차 잊어갔다.

"멋진 곳이군요."

뱃머리에 자리한 무명이 감탄사를 내뱉었다.

황궁에도 가보았지만 동정호의 풍경은 또 다른 아름다움을 가지고 있었다.

호북성 동호에서 배를 타고 물줄기를 따라 도착한 일행은 모용찬, 북궁단야를 비롯한 황궁의 여류 무장들까지 모두 아홉이었다.

취개와 합류하기로 한 개방의 인물들은 후에 다시 만날 것을 기약하고 섬서로 향했다.

동정호에 흐르는 불빛들을 바라보며 무명이 잠시 생각에 빠졌다.

'그리 생각이 없는 인물로 보이지는 않았는데…….'

독서생에 대한 생각이었다.

모두의 이야기와 정보를 들어보자면 척일도의 시해에 관련이 된 것은 사흑련이 맞는 것으로 보였다. 아니, 확실하다고 해야 할 것이다.

한데 어째서 그들은 뻔히 자신들이 위기에 처할 것을 알면서도 그러한 수를 낸 것일까?

무명의 머리를 어지럽히는 것은 바로 그 때문이었다.

'분명 현재까지 그들은 무림의 대부분을 얻었다고 해도 과언이 아니다. 한데 어째서 그들은 이런 무리수를 두었을까? 혹시 그들도 다른 세력에?'

무명의 고민은 끝까지 이어지지 않았다.

뱃머리가 선착장에 닿았기 때문이다.

"휴우, 일단 그들이 만났다는 천향루에 가보면 알 수 있겠지. 분명 천향루주가 당혜라는 이름이라고 했었지."

무명의 입가에 미소가 어린다.

개방주 적생이 일러준 천향루주에 대한 정보를 듣고는 깜짝 놀랐다.

당혜라는 이름은 자신의 과거와 이어진 인연 중 한 명이 아닌가.

모용찬이 배에서 훌쩍 뛰어내려 배를 고정시키자 무명이 내렸다.

일행이 내리자 동정호의 이름 높은 주루에서 나온 호객꾼들이 자신들의 주루로 안내하기 위해 앞다투어 다가섰다.

무명과 모용찬의 뒤로 여인들이 따르고 있었으나 기세가 흉흉하니 호위하는 무장쯤으로 생각했고, 모용찬과 무명은 어느 대가의 도련님으로 생각한 모양이었다.

"어서 오시지요. 저희 만향각으로 가시지요."

"아닙니다. 일매루로 가시지요. 섭섭하지 않으실 겝니다."

호객꾼들이 모용찬의 팔을 끌며 사람 좋은 웃음을 흘렸다.

"저희는 천향루를 찾고 있습니다."

무명이 단언하듯이 말하자 호객꾼들이 쓴웃음을 흘린다. 하지만 쉽게 놓아주지 않을 모양이다.

"천향루라니요? 물론 천향루가 이름 높기는 하지만 근래에는 저희 만향각이……."

"저희 일매루가……."

호객꾼들이 무명을 설득하듯이 가까이 다가와 치근대었다.

"아닙니다. 저희는 천향루에⋯⋯."

무명이 난감해하며 팔을 빼려 했으나 호객꾼들은 찰거머리처럼 들러붙었다.

"물러나라."

보다 못한 북궁단야가 매서운 눈으로 경고하자 서릿발 같은 기운에 움찔거린 호객꾼들이 자신들도 모르게 두어 걸음 물러났다.

"음⋯⋯."

"천향루로 안내하겠습니다."

쓴웃음을 지은 무명이 뭐라고 말을 하려다가 호객꾼을 물린 북궁단야가 앞서 걷자 이내 한숨을 내쉬고는 갈 길을 재촉했다.

천향루는 이름 그대로 무척이나 거대한 규모를 가지고 있었다.

층층이 밝혀둔 청사초롱이며 입구에 나온 기녀들이 요염한 자태로 몸을 꼬며 취객들을 유혹했다.

"여기군요?"

무명이 높이 솟은 천향루의 끝을 바라보며 말했다.

"예, 이곳입니다.

북궁단야가 나지막하게 대답했다.

"일단 들어가시지요. 아이들에게 좋은 곳을 준비하라 이르겠습니다."

미리 수하들에게 지시한 북궁단야는 무명과 모용찬을 이끌었다.

황궁에서 나온 인물들답게 그들은 자신들의 신분과 패를 밝힌 것만으로도 천향루의 총관이 뛰어나오게 했다.

"아이구, 어서 오십시오."

천향루의 총관 남생이 헐레벌떡 뛰어나와 공손하게 고개를 숙였다.

"귀인들이 오셨다! 서둘러 상층 내실을 준비하라 이르거라!"

총관이 위엄이 어린 목소리로 기녀들에게 말하고는 양손을 모아 사근거리며 무명과 모용찬을 쳐다본다.

검을 들고 매서운 기세를 내뿜는 여류 무장들을 거느린 무명과 모용찬은 금세 천향루의 시선을 모으기 충분했다.

"이거 참……."

사람들의 시선이 부담스러웠던 무명이 어색한 웃음을 흘리며 뒷머리를 긁적거리고는 서둘러 총관의 안내에 따랐다.

그들이 안내된 곳은 천향루에서도 귀한 손님들만 자리하는 최상층의 내실이었다.

이미 준비된 기녀들이 자리에 앉아 준비하고 있었고, 상다리가 부러질 정도로 차려진 음식들에 모용찬과 무명이 혀를 내둘렀다.

북궁단야의 수하들이 문 앞을 지키고 무명과 모용찬이 내실에 앉자 문이 닫혔다.

북궁단야가 무명과 모용찬이 자리에 앉기를 기다려 안내한 총관에게 말했다.

"천향루주를 보아야겠다. 불러오라."

"예?"

"듣지 못한 것인가?"

총관 남생의 되물음에 북궁단야의 미간이 좁게 모였다.

"아, 아닙니다. 속히 불러 아뢰겠습니다."

남생은 북궁단야의 모습에 기겁을 하고는 종종걸음으로 문밖으로 나가서 가슴을 쓸었다.

그들이 보인 패는 몇 년에 한 번 볼까 말까 하는 황룡금패였다.

지금까지 황룡금패를 본 것은 손에 꼽을 정도였다.

그들 모두가 쟁쟁한 권력자들이었고 감히 고개조차 들지 못할 정도의 신분을 가지고 있었다.

"휴, 잘못하다가는 목이 달아나겠네."

총관 남생이 지금도 북궁단야의 매서운 기세가 느껴지는지 자신의 목을 쓸며 안도의 숨을 내쉬었다.

"근데 도대체 누구지? 하긴 괜히 관심 가질 필요까지야……."

서둘러 천향루주의 거처로 향하는 남생은 이내 생각을 지
워 버렸다.

2

천향루주의 집무실.

"나를 보자 했다고?"

"예."

천향루주 당혜가 한쪽 눈을 찡그리며 인상을 썼다.

총관 남생의 말을 빌자면 보통의 신분이 아닌 모양이다.

황룡금패를 가지고 있다고 한다면 황가의 인물이 분명했
다. 그 정도의 인물이라면 천향루 전체를 빌려도 할 말이 없
었다. 최근에 찾아온 자는 곽주한과 함께 온 황기군장 황인욱
뿐이었다.

한데 누군지 그 신분조차 묻지 못한 것과 내실에 들자마자
자신을 찾았다면 필시 아무 이유도 없이 찾아오지는 않았을
것이 분명했다.

"더러운 몽고 놈……."

"예?"

천향루주의 혼잣말에 남생이 고개를 들었다.

"아니다. 그보다, 혹 그들에게 실수를 범하지는 않았느
냐?"

“예? 예… 뭐…….”

남생이 혹시나 하는 마음에 자신의 행동을 돌이켜 보았지만 그다지 큰 실수는 하지 않은 것 같았다.

“알았다. 일단 가보자. 매실에 모셨다고?”

“예.”

천향루주 당혜가 서둘러 채비를 하고 매실로 발걸음을 옮겼다.

내키지 않는 걸음이었으나 갈 수밖에 없었다.

‘이 나라에 살고 있는 이상 어쩔 수 없는 일이 아닌가?’

매실에 도착한 천향루주는 조금 의아한 생각이 들었다.

매실의 문 앞을 지키고 있는 것은 칼날 같은 기도를 가진 여인들이었다.

‘누구기에……?’

문득 의문이 들었다.

황가의 인물 중 여인들을 호위로 두고 있는 인물이 누가 있을까?

더구나 저 정도의 기도를 가진 여인들이라면?

“북궁 소저, 천향루주가 들었습니다.”

천향루주가 문 앞에 서자 여류 무인은 그녀를 슬쩍 쳐다보고는 공손하게 안을 향해 고했다.

문이 열리고 매실의 풍경이 드러났다.

준비해서 보냈다던 기녀들의 모습은 보이지 않았고, 상석에 앉아 있는 인물은 어딘가 모르게 익숙한 외모를 지닌 스무 살이 갓 넘어 보이는 잘생긴 청년이었다.

"들어오시게."

문 앞에 시립해 있던 북궁단야가 넋을 놓고 있는 천향루주에게 말하자 그제야 발걸음을 들여놓고 곱게 치마를 포개 앉았다.

"천향루주가 귀인을 뵙습니다."

당혜가 양손을 바닥에 대고 절을 했다.

대상의 신분을 모르니 감히 고개를 들지 못하고 말이 떨어지기를 기다렸다.

"무명이라고 합니다."

부드러운 말투를 가진 무명의 목소리에 당혜가 고개를 갸웃거린다.

'무명?

들어본 이름이다.

'무명이라면 분명?

당혜의 미간이 살짝 일그러진다.

분명 무명이라는 이름을 가진 소년을 알고 있었다.

하지만 자신이 알고 있는 인물과 동일시할 수는 없었다. 그녀가 기억하는 무명이라는 아이는 십여 년 전에 떠났고 황룡금패를 가질 인물도 아니었다.

"편히 앉으시지요. 청한 것은 저이니 그리 긴장하지 않으
셔도 됩니다."

무명이 방 안에 흐르는 기운에서 그녀의 긴장을 느끼고 부
드럽게 말했다.

"여, 여쭈시지요."

당혜는 고개를 들지 못한 채 무명을 향해 말을 꺼냈다.

"당혜라는 이름을 가지고 계시다구요?"

"예?"

무명의 말에 당혜가 깜짝 놀라 고개를 들었다.

그 앞에는 무명이 환한 미소를 짓고 있었다.

"오랜만입니다. 제가 기억하는 것이 맞다면 필시 일향촌과
관계가 있는 그분이겠지요?"

"……."

설마 그때의 그 소년이 맞단 말인가?

"하하, 왜요? 많이 변해서 알아보지 못하시겠습니까?"

무명의 웃음에 당혜는 믿을 수가 없다는 표정을 짓는다.

"그때보다는 조금 나이가 드셨군요."

"설마?"

무명은 웃고 있었지만 당혜의 얼굴은 서서히 경악으로 물
들어가기 시작했다.

분명 어릴 때의 그 모습을 그대로 가지고 있었다.

무던히도 속내를 감추던 그때의 소년이 스무 살의 청년이

되어 다시 나타난 것이다.

"어찌 네가?"

당혜는 여전히 믿을 수가 없는지 눈을 크게 뜬 채로 무명을 바라보았다.

"다들 나가주시겠습니까? 잠시 나눌 말이 있습니다."

무명이 놀란 당혜를 두고는 북궁단야와 모용찬에게 말했다.

"얼마 걸리지 않을 것입니다. 둘이 긴히 할 이야기가 있어서요."

"알겠습니다."

모용찬과 북궁단야가 무명에게 인사를 하고 내실을 나갔다.

"그만 놀라세요. 제가 다 어색하군요."

무명의 말에 당혜는 벌어진 입을 다물고는 상 위에 차려진 물잔을 벌컥거리며 들이켰다.

"네가 정말 그 무명이란 말이야?"

"예. 기억하는 것이, 일향촌의 그 아이가 맞다면 제가 그 무명입니다."

무명의 웃음에 당혜가 한동안 말을 잃고 빤히 쳐다보았다.

"그, 그래, 어찌 지낸 것이냐?"

당혜의 말에 무명은 지나온 이야기를 한참이나 털어놓았다.

장영과의 시간, 무림에 내려온 이야기, 사흑련을 만나고 황제를 만나기 위해 황궁에 갔던 이야기까지…….

긴 이야기가 이어지는 동안 당혜는 말없이 고개를 주억거리며 감탄사를 터뜨리기도 하고 슬픈 표정이 되기도 했다.

그리고 어째서 무명이 황룡금패를 지닌 인물들과 함께 있는지도 이해했다.

"주한이 그 아이를 만났더란 말이냐?"

독서생의 이야기가 나오자 당혜가 물었다.

"주한이라니요?"

"사흑련을 찾아갔다 하지 않았느냐?"

"예."

"네가 말한 독서생이 주한이 그 아이란다."

"예?"

무명은 깜짝 놀랐다.

설마 곽주한이 그렇게 변했을지는 몰랐던 것이다.

"그, 그랬군요. 어쩐지 낯이 익다 했습니다."

"그래, 불쌍한 아이지."

"그렇군요."

무명의 얼굴에 한줄기 걱정이 어렸지만 당혜는 눈치채지 못했다.

"네가 떠난 이후 그 아이도 일향촌을 떠났다. 중원을 돌아다녀 보았지만 아비에 대한 복수심에 아무것도 하지 못했지.

하나 원체 똑똑한 아이가 아니었더냐."

"그렇지요."

"그 아이를 다시 만난 것은 한 무림 세력에 들어갔다는 말을 듣고부터였다. 얼마 지나지 않아 사흑련이라는 사파 문파의 군사가 되었더구나."

"그랬군요."

"얼마 전에 만나본 바로 그 아이는 여전히 복수심을 버리지 못한 모양이었다."

"음……."

"근자에 사흑련의 이름이 천지를 진동시키고 있더구나. 하지만 그 아이가 노리는 것은 사흑련의 강호 제패가 아닐 것이다."

무명이 고개를 주억거렸다.

곽주한의 마음이 이해가 되었기 때문이다. 어째서 그가 뻔히 보이는 모략을 꾸민지도 알 수가 있었다.

곽주한은 아마도 자신의 복수를 위해 무리수를 둔 것이 분명했다.

그가 몸담고 있는 사흑련이라는 단체와 팔기군의 수장이라는 황인욱은 곽주한이 두는 장기판의 말에 불과하지 않을 것이 분명했다.

그는 지금 두 마리 토끼를 원하고 있음이었다.

당혜와의 대화에서 개방에 누명을 씌운 것은 사흑련이 분

명함을 알 수 있었고, 곽주한의 목적도 어렴풋이 느낄 수가
있었다.

　"혹여 다시금 기회가 있어도 그 아이를 만나서는 안 된다."

　"예?"

　"그 아이는 자신의 아비가 죽은 것을 모두 너의 탓으로 돌
리고 있단다."

　"……."

　당혜의 말에 무명은 아무런 대답도 할 수가 없었다.

　"그 아이가 일향촌을 떠난 이유는 너 때문이라고 해도 과
언이 아니다."

　무명의 눈이 가늘어졌고 얼굴 표정이 무거워졌다.

　"그 아이는 네가 그때의 무명임을 알고 있을 것이다. 어째
서 처음 만났을 때 아무런 말도 하지 않았는지는 모르겠다만
다시 만난다면 너의 목숨을 노릴 것이 분명하단다."

　"그렇겠지요."

　무명이 말끝을 흐렸다.

　"휴우, 어찌 이리도 악연이 되었는지… 하긴 황제와 약속
을 했다면 다시 만나게 되겠지."

　무명의 말을 들어보면 무명과 곽주한은 어쩔 수 없이 싸우
게 될 것이 분명해 보였다.

　"아마도… 그렇겠지요."

　무명이 굳은 얼굴로 술잔을 들이켰다.

무명과 당혜가 과거의 이야기를 나누는 동안 내실의 밖에
서도 소란이 일어났다.

3

"비켜."

언뜻 보기에도 차가운 한기를 풍기는 여인이 북궁단야의
수하들과 대치한 채로 노려보고 있었다.

"제, 제발 잠시만 기다려 주십시오."

총관 남생은 울상이 된 채로 여인을 막아서고 있었으나 이
미 한차례 그녀의 신위를 본 터라 감히 멈출 수 있다는 생각
조차 하지 못했다.

다짜고짜 천향루를 찾아와서는 '천향루주'를 데려오라고
호통을 치고, 막아선 호위무사들을 한 수에 실신하게 만든 그
녀이다.

그녀의 몸에서 일어나는 가공할 한기는 일층 주루를 단숨
에 북풍한설이 감도는 얼음으로 변하게 해버렸다.

"비키라고 했지?"

그녀는 싸늘한 기세로 남생을 쳐다보았다.

그 소란에 내실 앞을 지키던 북궁단야와 그 수하들이 고개
를 돌렸다.

"헛! 저, 저자는?"

모용찬이 고개를 돌렸다가 남생이 막아서고 있는 여인을 보고는 깜짝 놀랐다.

"아는 이입니까?"

북궁단야가 인상을 찡그리며 모용찬을 향해 물었다.

"그, 그게……."

모용찬이 난처한 표정을 지었다.

분명 자신의 기억이 맞는다면 그녀는 언젠가 만났던 북해 빙궁의 인물이 분명했고, 그녀의 뒤를 따르는 면사여인들은 그녀의 호위들이 확실했다.

'어째서 저 여인이?

싸가지없고 오만하고, 무서울 정도로 강력한 무공을 지닌 그녀가 왜 이곳에 나타난 것일까?

"이 자식이?"

설향의 한쪽 입꼬리가 올라가며 눈이 찌푸려졌다.

"안 비킬래?"

설향은 차마 무공을 모르는 총관 남생에게 손을 쓰지는 못하고 기세를 일으키자 내실이 있는 복도 전체에 허연 서리가 맺혀들게 했다.

"제, 제발……."

차가운 한기에 허연 입김이 나오면서도 남생은 애써 그녀를 막아섰다.

"천향."

"예, 북궁 소저."

"귀인께서 대화를 나누고 계신다. 조용했으면 좋겠다."

"존명."

급기야 기분이 언짢아진 북궁단야가 눈살을 찌푸리며 말하자 천향이라 불린 수하가 앞으로 나섰다.

북궁단야가 말하고자 하는 바를 눈치챘기 때문이다.

"그대들은 누구시오?"

북궁단야의 수하 천향이 굳은 얼굴로 다가서며 설향을 쏘아본다.

"응? 이것들은 또 뭐야?"

설향이 가고자 하는 복도를 막아선 천향의 모습에 이죽거렸다.

대충 보니 허리춤에 검을 차고 무복을 입은 것이 여류 무인 정도로 생각한 것이다.

"상관없으니까 시비 걸지 말고 꺼져."

설향은 이내 관심을 지워 버리고는 총관 남생을 노려본다.

차가운 한기에 남생의 턱이 떨리고 있었지만 비켜서지는 않았다.

"이 자식이? 기어코 작살을 내야 비킬 모양이지?"

설향이 짜증이 가득 섞인 목소리로 내기를 모아 발을 내딛자 그녀의 발에서부터 복도가 허옇게 서리로 맺혀 얼어가기 시작했다.

“멈춰라!”

천향이 굳은 얼굴로 검을 꺼내 들었다.

“멈추긴 뭘 멈춰!”

짜증이 많이 났음일까. 설향의 소매가 떨쳐졌고, 엄청난 양의 한파가 복도 안을 가득 채웠다.

쩡!

천향이 검을 곧추세웠다가 바닥에 박아 넣자 설향의 기세가 순식간에 터져 나가며 흩어져 버렸다.

“큭!”

하지만 설향의 빙장에 실린 내력이 만만치 않았음인지 천향이 인상을 쓰며 옅은 신음을 흘렸다.

“어쭈? 막아?”

설향의 한쪽 눈이 가늘어졌고, 천향이 밀리는 모습에 얼굴이 굳은 북궁단야가 설향의 앞으로 나섰다.

“자, 잠깐만요.”

왠지 사태가 이상하게 돌아가자 모용찬이 북궁단야를 막아서며 급히 앞으로 나섰다.

“응? 넌?”

모용찬의 얼굴이 기억에 있었는지 설향이 고개를 갸웃거렸다.

“그러고 보니 너는 지난번에 보았던?”

“예, 맞습니다. 무명님과 함께 있던 모용찬이라고 합니다.”

"그래, 기억이 있군. 그런데 넌 어째서 막아선 거냐?"

"예?"

설향은 이미 짜증이 극에 달한 상태였다.

설향의 손이 움직였다.

허연 냉기가 만들어지고 그녀의 손이 투명하게 변해갔다.

'이런 썩을! 망할 년 같으니!'

그녀의 손에 엄청난 양의 내공이 모이는 순간 모용찬은 어금니를 깨물면서 허리춤에 매인 연검을 빼어 들었다.

"현음신공, 천설아!"

"제기랄! 망할 년 같으니! 화필(畵筆)! 하성격뢰!"

설향이 손을 뻗는 순간 모용찬은 어떻게든 막아볼 심산으로 연검을 휘둘러 쳤다.

강맹한 기운이 복도의 중앙에서 부딪쳐 터져 나갔다.

쩌저정!

두 기운이 부딪치자 엄청난 소음과 함께 복도의 문들이 박살이 났고, 천향루 전체가 지진이라도 난 듯이 거세게 흔들렸다.

아무리 모용찬이 검에 대한 경지가 높아졌다 해도 설향의 빙공에 실린 힘을 완전히 막아내는 못했다. 북궁단야가 밀려 나오는 모용찬의 등을 떠받치며 힘을 더했다.

드드드득! 뻐걱!

막을 수 있다 생각한 북궁단야는 엄청난 기파에 모용찬과 함께 밀려 나갔다.

다급히 천근추를 일으켜 두 발에 힘을 주었지만 바닥에 긴 자국을 남기며 무명과 당혜가 대화를 나누고 있던 매실의 문을 박살 내며 처박혔다.

가까스로 내실 안의 벽에 부딪치기 전에 멈추긴 했으나 온통 난장판이 되어버렸다.

“어쭈? 많이 늘었구만. 천설아의 기운을 대부분 소멸시켰다고?”

설향이 짐짓 놀랐다는 얼굴로 내실 안으로 들어오며 모용찬을 찾았다.

“그보다 조금 전에 나한테 망할 년이라고 했던 것 같은데?”

설향이 뒷짐을 진 채로 이죽거렸다.

“감히!”

화가 난 북궁단야가 모용찬의 뒤에서 엄청난 공력을 일으키며 금세라도 검을 뽑으려 했고, 설향은 차갑게 웃으며 응수하려 했다.

“잠깐 멈추세요.”

그 순간 둘의 사이를 막아선 목소리는 무명이었다.

당혜와 대화를 하다 묵직한 기운을 느끼고는 바람의 기를 일으켜 기의 파편을 막아내며 당혜를 보호한 무명은 갑작스러운 소동의 주범을 알아보았다.

"비키시지요."

북궁단야가 검에 손을 쥐고는 설향을 노려보았다.

"잠시 기다려 주세요."

무명이 걸어나와 북궁단야를 막아섰다.

"얼레? 너도 있었구나?"

"오랜만입니다."

무명이 미소 띤 얼굴로 설향을 막아섰다.

"잠시 멈춰주시지요. 잘못하면 무고한 사람들이 다칠 수도 있습니다."

무명의 말에 설향이 물끄러미 그를 바라보았다.

그제야 몸을 일으킨 북궁단야의 수하들과 모용찬이 설향을 경계하며 검을 움켜쥐었다.

한동안 무명의 얼굴을 바라보던 설향이 히죽 웃으면서 공력을 거두었다.

"좋아."

설향이 만들어놓은 피해는 엄청났다.

상층 내실의 벽은 금세라도 허물어질 듯이 박살이 났고 상층 내실 전체가 난장판이 되어버렸다.

당혜의 지시에 천향루의 인물들이 치우기는 했지만 상층이 다시 원래의 모습을 되찾자면 한 달여는 걸릴 것이다.

하지만 정작 소동의 주범인 설향은 별로 미안해하지 않는 모습으로 먼지투성이가 되어버린 음식을 먹고 있었다.

"햐, 이거 제법 맛있는데? 그동안 먹은 것과는 전혀 다르잖아?"

설향은 쾌활한 모습으로 돌아와 이것저것 입안으로 가져갔다.

그 모습에 북궁단야는 인상을 찡그렸다.

무명이 막지 않는다면 당장에라도 검을 들어 쳐내고 싶은 기분이었다.

무명은 쓴웃음을 지으며 물었다.

"그보다 이곳엔 어쩐 일이십니까?"

"나?"

설향이 무명의 대답에 손가락으로 당혜를 가리켰다.

"예?"

손가락이 자신을 향하자 당혜가 깜짝 놀란다.

"당신, 낙양경매장에 대해 알고 있지?"

"낙양경매장이라고 하시면?"

설향의 질문에 당혜의 눈이 큼지막해졌다.

"삼 년 전 종적도 없이 자취를 감춘 낙양경매장을 말하는 거야, 야랑이라는 자에 의해 운영되던. 내가 알기로는 천향루에도 그쪽 계통으로 들어온 기녀들이 제법 된다고 하던데……."

"아!"

그제야 당혜는 그녀가 어째서 자신을 찾은 것인지 알 수 있었다.

"혹, 야랑에 대해서 알아?"

설향의 말에 야랑보다 놀란 것은 북궁단야였다.

낙양경매장과 야랑에 대한 이름이 나오자마자 그녀의 눈에 이채가 어렸다.

지닌 힘이 범상치 않은 여인이 어째서 야랑에 대해 묻는 것일까?

북궁단야가 알기로 야랑이라는 경매꾼의 정체는 황인욱의 측근이었다.

어째서 그에 대해 묻는 것인지 궁금해진 북궁단야는 그녀의 말에 귀를 기울였다.

"알고 있습니다."

당혜의 대답에 설향이 히죽 웃었다.

"어디 있지?"

"예?"

"야랑이라는 자 말이야, 어디 있냐고. 어디에 가면 만날 수 있지?"

설향의 물음에 당혜가 어리둥절한 표정을 지었다.

"글쎄요. 저도 잘……."

"뭐야? 그와 연결된 것이 아닌가?"

"아닙니다. 저희도 단지 경매장 이외에 그에 대해서는 알지 못합니다만……."

"뭐? 제길, 그렇군. 헛걸음했군."

당혜의 대답이 진심임을 느낀 설향이 툴툴거리며 일어났다.

"어쨌든 미안하게 됐어. 이 정도면 수리비는 될 거야."

설향이 쳐다보자 그녀의 수하인 화란이 품에서 주머니를 던져 주었다.

쩔거럭 하고 울리는 소리가 큰 것을 보니 제법 많은 돈이 들어 있는 것 같았다.

"그럼 이만 가자. 무명, 또 보자."

설향이 내실 밖으로 나서며 무명을 향해 히죽 웃었다.

그 모습에 무명이 쓴웃음을 지었다.

설향이 나간 뒤 얼떨떨해진 무명을 향해 북궁단야가 굳은 얼굴로 말했다.

"무명님."

"예?"

"잠시 다녀올 곳이 있습니다."

"예? 어딜?"

북궁단야는 무명의 질문에 대답조차 하지 않고 내실을 빠져나갔다.

무명과 모용찬, 당혜는 멍하니 그 모습만 쳐다볼 뿐이었다.

천향루를 빠져나온 설향과 빙천들은 객점을 찾기 위해 주루가 많은 곳을 빠져나오고 있었다.

"웅?"

한참을 걸어가던 설향이 걸음을 멈추고 싸늘한 표정을 지었다.

"어째서 따라오는 것이지?"

설향이 고개도 돌리지 않고 물었다.

설향의 물음에 어둠에 몸을 숨겼던 인물들이 걸어나왔다.

북궁단야와 그녀의 수하들이었다.

그녀가 달빛 아래 모습을 드러내자 설향이 피식 웃는다.

"뭐야? 아까 그곳에 있던 여인이잖아?"

북궁단야는 조용히 걸어 설향의 앞을 가로막았다.

"묻고 싶은 게 있다."

"뭐?"

"야랑을 찾는 이유는?"

북궁단야의 물음에 설향의 눈이 가늘어진다.

"야랑을 찾는 이유? 훗, 그 말은 그에 대해서 알고 있다는 것처럼 들리는데?"

"아마도."

"아마도라… 그렇다면 대답해 줄 수도 있단 말인가?"

북궁단야는 대답 대신에 검을 쥐었다.

“곱게 들려주겠다는 말은 아닌 모양이지? 좋아.”

설향이 입꼬리를 말아 올리며 공력을 끌어올리자 북궁단야가 그녀를 쏘아보다가 검에서 손을 놓았다.

“보는 눈이 많군. 자리를 옮기지.”

말을 하고는 훌쩍 몸을 날린 북궁단야의 모습에 설향이 히죽거린다.

“재미있군. 좋아, 따라가 주지.”

지면을 박찬 설향이 신형이 순식간에 사라져 버렸다.

인적이 드문 산속으로 이동한 북궁단야는 먼저 몸을 날린 자신의 바로 뒤를 따라잡은 설향의 모습에 눈살을 찌푸렸다.

북궁단야가 한적한 숲 안쪽에 멈추자 바로 이어 설향이 내려섰다.

“자, 이제 말해봐. 야랑에 대해서 말이야.”

설향이 허리에 손을 얹고는 거만하게 물었다.

“일단은 그와의 관계에 대해서 먼저 대답해라.”

북궁단야는 천천히 검을 뽑으며 뒤돌아섰고, 그 모습에 설향이 피식 웃는다.

“훗, 그럴 줄 알았지. 원하던 바야. 아까 제법이던데?”

설향의 이죽거림과 동시에 북궁단야의 몸이 튀어나가듯이 빠르게 설향을 향해 덮쳤다.

튀어나온 속도 그대로 펼쳐진 검이 설향의 상단, 중단, 하단을 한꺼번에 공격했다.

슈슈슉!

북궁단야의 쾌속한 검에 살짝 놀란 설향이 급하게 몸을 물리며 소매를 흔들었다.

쩌저정!

허공중에 순식간에 얼음 방패가 만들어졌다가 북궁단야의 검기와 함께 깨어져 나갔다.

“제법이군!”

피했다 생각한 설향은 앞섶이 베어져 나간 것을 느끼고 싸늘한 표정으로 진각을 밟았다.

쩡!

지면이 거세게 울리며 다섯 줄기의 한파가 대지를 파헤치며 북궁단야를 향해 날아갔고, 설향이 지면을 밟고 북궁단야를 향해 쏘아져 나갔다.

“이까짓!”

지면을 터뜨리며 질주해 오는 다섯 줄기의 냉기에 북궁단야가 아랫입술을 깨물며 검을 휘둘렀다.

다섯 개의 잔상을 만들어내며 바닥에 꽂힌 검이 냉기 다발과 함께 터져 나갔다.

“훙! 여기도 있다!”

검기와 함께 터진 냉기를 뚫고 설향의 손아귀가 북궁단야를 향해 날아왔다.

‘이런!’

설마 그렇게 빠르게 다음 공격을 해올 줄 몰랐던 북궁단야가 다급하게 몸을 빼며 장력을 후려쳤지만 교묘하게 피하며 파고든 설향의 손이 북궁단야의 앞섶을 후려쳤다.

퍼억!

“윽!”

북궁단야가 억눌린 신음과 함께 검을 놓치고 서너 걸음이나 물러났다.

“흥! 안심하긴 이르지!”

파파팡!

대기를 중첩해 터뜨리며 설향의 빙장이 사방에서 몰아쳐 북궁단야를 노리고 들었다.

‘강하군!’

북궁단야는 얼굴을 찡그리며 공력을 극한으로 끌어올렸다.

“하압!”

강하게 내려밟은 양발에 대지가 요동치며 흔들렸고, 그녀의 몸에서 기파의 너울이 만들어져 사방으로 퍼져 나갔다.

“웃!”

짓쳐들어오던 설향이 다급히 손을 휘저어 자신의 앞에 한 기를 뿌렸다.

쩌정!

'우웃!'

설향이 만들어낸 기의 보호막이 찢어져 나가며 기파에 그대로 노출되었다.

투웅!

설향의 신형이 튕겨져 나무 기둥을 들이박고 떨어졌다.

"후우……."

북궁단야가 급히 끌어올린 내기를 가라앉히며 호흡을 골랐다.

그녀는 막 튕겨 나간 설향을 찾다가 흠칫 놀랐다.

"좋아, 좋아. 제법이야. 중원에 나온 이후 정말 최고의 상대를 만났어. 더군다나 그게 나와 같은 또래의 여인이라니……."

입고 있던 의복이 온통 먼지투성이가 되어버린 데다가 묶었던 머리가 풀어져 산발이 된 설향이 비릿하게 웃으면서 멀쩡히 걸어오고 있었다.

"어, 어떻게?"

북궁단야는 자신의 일격을 맞고도 아무렇지 않게 일어선 설향을 보고는 깜짝 놀랐다.

"그렇게 놀라지 마. 나도 정말 이렇게 당해본 건 할아버지 이후론 처음이니까 말이야. 그리고 널 얕본 건 실수였어. 하지만……."

설향이 자신의 몸을 점검하듯이 몸의 관절을 풀었다.

"이젠, 안 봐준다."

몸 풀기를 멈춘 설향이 북궁단야를 쳐다본다.

우웅!

갑자기 대기가 진동하는 듯한 소음과 함께 설향의 머릿결이 허공으로 떠오르고 주위에 있던 낙엽이 기의 회오리에 반응하기 시작했다.

거대한 기가 대기와 공명하며 반응한 것이다.

'이… 이게……?'

북궁단야의 얼굴에 당혹감이 어렸다.

설향의 기운도 기운이지만 그녀의 몸 주위로 엄청난 한기의 회오리가 휘몰아쳤다.

설향의 눈이 회백색으로 물드는 순간 그녀의 몸이 빠르게 움직였다.

"엇!"

몰아치는 한기에 눈을 깜빡거리는 순간, 마치 공간을 넘어온 것처럼 설향의 얼굴이 북궁단야의 코앞에 나타났다.

그리고는 설향의 손이 북궁단야의 가슴에 얹혀지고 그녀의 입을 통해 싸늘한 목소리가 흘러나왔다.

"현음신공, 빙압장!"

그녀의 목소리를 듣는 순간 북궁단야는 가슴을 통해 엄청난 충격을 느꼈고, 순식간에 온몸이 굳어가는 듯한 느낌과 함께 정신을 잃어버렸다.

북궁단야가 깨어난 것은 새벽 무렵이 다 되어서였다.

어렴풋한 시선에 모닥불이 일렁거렸고 그 주위에 앉은 인물들이 보였다.

"괜찮으십니까, 북궁 소저?"

그녀의 수하 천향이 걱정스러운 얼굴로 물어왔다.

"으윽……."

몸을 일으키는데 가슴에 진한 통증이 느껴져 왔다.

"아, 깨어났나?"

익숙한 여인의 목소리가 들려왔다.

조금씩 돌아온 시선에 히죽거리며 웃고 있는 설향과 그녀의 일행이 보였고 무명과 모용찬도 보였다.

"괜찮으세요?"

그녀가 깨어난 것을 기다리고 있던 무명이 안부를 물었다.

"예, 괜찮습니다."

"다행이네요."

무명이 그제야 안도의 숨을 내쉬었다.

"다행이긴. 마지막 순간에 힘을 뺐어. 당연히 괜찮겠지."

설향이 비웃듯이 말하자 북궁단야의 얼굴이 살짝 굳었다.

"그보다……."

북궁단야가 주변을 둘러보며 물었다.

"아, 원래 이쪽 설 소저와는 안면이 있는 사이였습니다. 북궁 소저가 나간 뒤에 서둘러 따라왔지요."

"음……."

북궁단야의 얼굴이 굳었다.

"아까의 대답을 듣지 못한 듯한데, 야랑에 대해서 알고 있
나?"

불을 쬐고 있던 설향이 물었다.

"먼저 어째서 찾고 있는지 물어도 되겠습니까?"

설향을 대하는 북궁단야의 말투는 어느새 존대로 바뀌어
있었다. 일단은 무명과의 친분이 있는 여인었고 그녀를 자신
보다 강자로 인정했기 때문이다.

"어째서 찾느냐고?"

설향의 얼굴에 싸늘한 미소가 생겨났다.

불빛에 비치는 그 모습이 잔인하기 그지없었다. 필시 좋은
이유로 찾는 것은 아닐 것이라는 짐작이 들었다.

"십여 년 전에 나는 낙양경매장의 노예로 있었다. 그곳의
주인이 야랑이었지. 만약 놈을 다시 만난다면… 죽여 버릴 거
야."

설향의 눈에 살기가 어렸다.

그 차가운 한기에 흠칫 놀란 북궁단야가 무거운 음성으로
입을 열었다.

그녀가 말하는 바에 따르면 지난 십 년간 많은 일에 야랑이
라는 자가 연관이 있다는 것이다.

운학서원에 관련된 이야기가 나왔을 때는 무명 또한 깜짝 놀라고 말았다.

황제를 통해 무언가 모종의 음모에 의한 것이라 짐작은 했으나 그것이 야랑이라는 인물과 연관이 있을 것이라고는 상상도 못했던 것이다.

무명과 설향 모두가 야랑이라는 인물에 대해서 알고 있었다.

어찌 낙양 노예 경매장의 거간꾼에 불과한 자가 그러한 일을 할 수가 있단 말인가?

"너무 비약이 심한 거 아냐?"

설향이 눈을 찡그리며 물었다.

"당시의 기억으로는 야랑이라는 자는 고작 삼십대에서 사십대 정도로 보였는데 말이야."

"아닙니다. 그는 분명 대리인일 가능성이 높습니다."

"대리인?"

"예. 통칭 야랑이라는 이름을 가진 채 암약하는 이들은 대다수가 진짜 야랑이라는 자의 수족일 가능성이 높습니다."

북궁단야의 말에 모두가 귀를 기울였다.

"야랑이라는 자를 만났던 이들 중 그들의 모습이 일치하는 자는 단 한 명도 없습니다. 모두가 체격과 목소리가 다르지요."

"하긴… 그때도 분명 그는 가면을 쓰고 있었지."

"아마도 그럴 것입니다. 저희가 조사한 바로는 지금까지 야랑이라는 이름으로 드러난 이들은 모두가 다섯입니다. 각기 다른 인물이었고 전혀 연관성도 없었지요."

묵묵히 듣고 있던 무명이 북궁단야를 향해 말했다.

"그렇다면 그를 잡는 것은 무척이나 어렵겠군요?"

"예. 저희도 아직 그자의 꼬리조차 잡지 못하고 있습니다."

"흠……."

무명의 얼굴이 굳었다.

북궁단야의 말을 들은 모두가 무명과 동일한 기분일 것이다.

"모든 이야기를 종합해 보면 지금의 무림 정세는 반드시 막아야 하는 것이 아닙니까?"

"예, 그렇습니다. 현재 사흑련과 귀문이 부딪치는 일만은 반드시 피해야 할 일이지요."

"음……."

무명은 일전에 만났던 주량이라는 인물이 생각났다.

설마 그도 야랑이라는 인물에 의해 움직이고 있었단 말인가?

"이봐, 듣고 보니 이럴 시간이 없어 보이는데?"

가만히 듣고 있던 설향이 모두의 침묵을 깨고 나섰다.

"예?"

"잡아야 할 것 아냐?"

설향의 말에 모두가 고개를 들었다.

"일단은 그 야랑이라는 놈을 잡아야 모든 끝이 보일 것 같은데, 안 그래?"

"그렇습니다."

북궁단야가 고개를 끄덕이며 대답했다.

"그럼 뭘 기다리고 있어? 그대는 그 척 머시기 하는 사람을 죽인 진범을 찾아야 한다며? 그리고 그것도 분명 야랑이라는 놈과 연관이 있을 것이고."

"예."

"그리고 북궁단야, 넌 야랑이라는 놈의 정체를 밝혀야 한다면서?"

"예."

"그럼 됐네. 나도 야랑이라는 놈의 낯짝을 보고 싶은 사람 중에 하나니까 도와주면 될 것이고 말이야."

설향의 말에 무명이 고개를 끄덕이며 말했다.

"후우, 알겠습니다. 하나 무턱대고 움직이는 것은 타초경사의 우를 범하게 될지도 모릅니다."

"뭐, 뭔 경사?"

설향이 한쪽 눈을 찡그리며 되물었으나 무명은 계속해서 말을 이었다.

"일단의 적의 목적을 아는 것이 중요합니다. 북궁 소저의

말에도 일리가 있지만 일단은 야랑이라는 자가 노리는 바를
정확하게 알아야겠습니다. 그때까지는 최대한 그들이 원하
는 대로 흘러가게 해서는 안 되겠지요. 모용 공자."

"예?"

별안간 자신을 부르자 모용찬이 무명을 쳐다본다.

"섬서성으로 가서 개방주에게 말을 전해주십시오."

"무슨?"

"북궁 소저의 말을 그대로 전해주십시오. 개방은 수많은
정보를 취합하는 데 있어서 무림에서 따를 곳이 없다고 들었
습니다. 북궁 소저가 아무리 뛰어나더라도 그들이 가진 정보
력에 비할 수는 없을 것입니다. 그들에게 야랑과 관련된 것이
라면 하나도 빠짐없이 모아두라고 하시고 추가로 조사도 부
탁한다고 전해주십시오. 단, 목숨에 위협을 느낀다면 그 즉시
조사를 멈추어도 좋다고 전해주세요."

"아, 물론……."

북궁단야 역시도 그런 생각을 하지 못한 것은 아니었다.

하지만 개방과 연줄이 닿아 있지 않는 이상 그들에게 부탁
을 할 수 있는 처지가 아니었다.

어쩌면 이번에 소취개 등을 구해준 것이 그녀에게는 큰 도
움이 될지도 몰랐다.

"그리고 설 소저."

"아, 응?"

마구잡이식으로 말했던 자신과 달리 조목조목 따져 가며 말하는 무명의 모습에 설향이 잠시 얼이 빠졌다가 대답했다.

"야랑을 잡고 싶으시다고 했으니 실례가 되지 않는다면 함께 오신 분들에게 부탁을 드려도 될까요?"

"뭐, 그, 그래."

"저들이 노리는 것이 무림의 혼란이라면 막는 것이 중요합니다. 정무협으로 가서 양학명 노사께 제 말을 전해주세요."

"뭘?"

"절대 사흑련과 부딪치지 말 것, 그리고 그들이 도발해 온다면 정무협을 도와서 서로가 최대한 부상자가 생기지 않게 상황을 유지시켜 달라구요."

"아, 알았어."

설향이 얼떨결에 대답을 했다.

"그럼 북궁 소저."

"예?"

"일단 저들에게 드러난 이들부터 찾아봐야겠습니다. 필시 저들에게도 연락책이라는 것이 있겠지요?"

"예. 그야 물론……."

"북궁 소저라면 그들에 대해서 파악된 것도 있으리라 생각합니다만……."

마치 북궁단야의 머릿속에 들어갔다 나온 듯이 말하는 무명으로 인해 북궁단야는 고개를 끄덕였다.

물론 그들의 연락책에 대해서 알고 있었다.

단지 그가 어떻게 연락을 취하는지에 대해서 완전히 파악되지 않았기 때문에 어쩔 수 없이 탐문을 멈추고 있었다.

또한 그놈들이 어떻게 알았는지 접근하려는 움직임을 보이는 순간 위치를 바꾸어 버렸다.

"일단 그 연락책부터 만나보아야겠습니다. 만약 한곳에서 연락이 끊어진다면 분명 무언가 반응이 일어나겠지요."

"예."

"자, 그럼 서둘러 움직이시죠. 저는 이쪽에서 일이 끝나면 귀문의 발걸음을 멈추어보겠습니다."

혼란(混亂)

武林
君子
무림군자

1

　호남성까지 진출해 오가회를 위협하고 있던 사흑련은 난감한 상황에 봉착하고 말았다.

　뒤로는 귀문이 엄청난 속도로 세를 넓혀오고 있었고, 앞으로는 호북성의 정무협이 들고일어났다.

　엎친 데 덮친 격으로 사흑련이 귀문의 공세로 주춤거리는 사이 기회를 잡은 오가회가 북서에서 치고 내려왔고, 송학 도장이 화산파의 복수를 천명하고 무림의 전면에 다시 등장한 것이다.

　이미 힘을 잃어버린 오가회와 정무협이 개개의 능력으로는 거대해진 사흑련에 비할 수 없었으나 사방에서 공격해 오는 형세이다 보니 사흑련은 마치 쥐에게 포위된 고양이와 같은 꼴이 되었다.

결국 곽주한은 련주 방시혁과 사황대로 하여금 송학 도장이 이끄는 화산파의 잔존 세력들을 막게 했고, 독곡과 흑사방으로 정무협과 대치하는 형세를 만들었다. 오가회로는 제갈선혜가 사절 격으로 떠났다.

그리고 무엇보다 중요한 것은 사흑련의 후미를 공격해 오고 있는 귀문이었다.

이상한 것은 귀문이 무림 방파만을 공격해 오는 것이 아니라 청해와 사천성 일대의 관청까지 공격하고 있다는 것이다.

곧 황제의 분노를 사게 되어 호북성 무당산에서 철수했던 팔기군이 말머리를 돌리게 하는 결과를 낳았다.

"어쩌실 생각입니까?"

제갈선혜가 창밖을 내려다보며 물었다.

"……."

독서생은 아무런 대답도 하지 않았다.

호남성 천자산(天子山).

사흑련은 소림사를 점거하고 근거지로 삼았다.

제갈선혜가 바라보는 창밖으로 수백여 명의 무인이 혹시나 있을지 모를 위협에 대비해 긴장을 늦추지 않고 있었고, 앞으로 일어날 전투에 대비해 갖가지 무구를 꺼내놓고 있었다.

　"팔기군이 무당산에서 물러나도록 황제의 명이 내려졌다면 이미 개방에 대한 누명은 벗겨졌다고 해야 할까요?"

　"그렇겠지."

　고개를 뒤로 젖힌 독서생 곽주한이 아무렇지도 않게 대답했다.

　"그렇다면 필시 황인욱은 의심받고 있겠군요."

　"아마도……."

　"아마도라구요?"

　제갈선혜의 고운 아미가 살짝 일그러졌다.

　마치 신경조차 쓰지 않는 듯한 말투는 무엇이란 말인가?

　"왜요? 신경 쓰이십니까?"

　"……."

　도리어 제갈선혜에게 묻는 저의는 무엇이란 말인가?

　"곽 공자, 아니, 군사, 황인욱이 의심받는다면 제일 먼저 지목받는 것은 바로 사흑련입니다. 누구든지 그리 생각할 것입니다."

　"그렇겠지요."

　"그렇겠지요라니요. 도대체 무슨 생각을 하고 있는 거죠? 척일도에 대한 암살, 호북성의 반란이 모두 사흑련의 소행이라는 것을 알면 당장에라도 황제의 표적이 될 것을 모른단 말입니까? 황제의 노기를 사고 무사할 수 있는 곳은 아무 곳도 없어요. 그것이 설사 전 무림이라고 해도……."

제갈선혜의 얼굴이 무거워졌지만 곽주한은 그것조차도 신경 쓰지 않았다.

제갈선혜는 계속해서 말을 이어갔다.

"또한 예상보다 귀문이 너무 일찍 세상으로 나왔습니다. 사천성을 반나절 만에 무너뜨린 것만으로도 그들의 세가 상상을 초월한다는 것을 알 수 있어요."

"음, 그건 확실히 예상 밖이었지요."

곽주한이 그제야 반응을 보였다.

"그리고 송학 도장의 개입은 어찌하실 생각입니까? 그는……."

"삼황의 일인이죠."

"……."

무표정한 얼굴로 말하는 곽주한으로 인해 자갈선혜가 할 말을 잃어버렸다.

과연 눈앞의 사내가 자신이 알고 있던 그 사내가 맞는지가 의심스러울 지경이었다.

"하나 달라지는 것은 없을 겁니다. 귀문이 예상보다 빨리 무림에 나오기는 했으나 모든 것은……."

순간적으로 곽주한의 눈에 보인 것은 광기였다.

그의 눈빛을 보는 순간 제갈선혜는 소름이 돋아 오르는 것만 같았다.

"당신… 무엇을 노리고 있는 거죠?"

"후후, 글쎄요."

"무림인들을 너무 우습게 보시는군요."

"그럴까요?"

곽주한은 자리에서 일어나 문 근처로 나갔다.

"모든 생각과 결정에는 작은 변수가 존재하죠. 어째서 그랬을까 하는 의문은 항상 수많은 가설을 세우게 합니다. 그 이유가 단순하면 단순할수록 사람들은 점점 더 깊은 의문을 가지게 되죠."

알 수 없는 말을 내뱉은 곽주한은 제갈선혜를 두고 밖으로 나갔다.

곽주한이 나간 뒤 제갈선혜는 그가 남긴 말을 곱씹으며 고민에 빠져들었다.

'그는 도대체 무엇을 노리는 걸까?

아무리 생각해도 곽주한이 노리는 바를 알 수가 없었다.

팔기군이 물러간 이상 개방과 정무협은 분명 자신들에게 누명을 씌운 자들을 찾으려 할 것이다.

사흑련이 그 중심에 있다는 것은 너무도 뻔히 보이는 것이 아닌가.

정무협의 위기로 가장 많은 이득을 얻은 것은 사흑련이었으니까.

하지만 설마 독서생 곽주한이 그런 것조차 염두해 두지 않왔다는 사실이 마음에 걸렸다.

'설마?'

순간 제갈선혜의 머릿속에 하나의 가정이 만들어졌다.

'황인욱은 척일도의 시해와 연관해 필시 몰락하게 된다. 그리고 지금 시작되는 무림전쟁으로 인해 수많은 사람이 죽어나갈 것은 불 보듯 뻔한 일이야. 사흑련이 그 중심에 있지만 분노한 정무협과 오가회와의 일전은 쉽게 끝나지 않을 것이고, 귀문의 목적 또한 불분명한 게 사실이야. 지금도 마치 그들은 황제의 권위에 대항하는 것처럼 보이니까.'

제갈선혜의 낯빛이 딱딱하게 굳어들었다.

'설마… 파멸?'

그녀는 불안감을 감추기 위함인 듯 자신의 손톱을 베어 물고 씹었다.

'아니지. 아닐 거야. 그가 자신의 세력인 사흑련을 버릴 리가 없어.'

제갈선혜는 고개를 내저었다.

하지만 뛰는 가슴은 쉽게 진정되지 못했다.

설마 독서생 곽주한이 사흑련의 아래에 있는 수많은 무림인들의 목숨을 담보로 이런 일을 계획하지는 않았을 것이라는 판단이 그녀의 머릿속에 깔려 있었기 때문이다.

2

"너무 조용하지 않습니까?"

오가회의 선두를 이끌고 있던 남궁무혁은 의심스런 눈초리로 어둠에 물든 장사(長沙)의 금가장을 쳐다보았다.

전대 가주가 병환으로 물러난 뒤 가주의 동생인 남궁무혁이 가주 위에 올랐다. 현 상황에서 가문에서 가장 무공이 강한 그가 가주 위에 오르는 것은 어쩌면 당연한 처사였다.

"무엇이 말입니까?"

"너무 고요합니다. 제갈세가의 정보에 의하면 분명 이곳에 사흑련의 선봉인 독곡의 무인들이 있어야 합니다. 한데 아무도 없질 않습니까? 더구나 장원을 지키는 호위들조차 보이질 않으니……."

남궁무혁의 말에 모용관천이 고개를 끄덕였다.

사흑련의 세력과 대치한 지 벌써 닷새가 지났음에도 그들은 더 이상의 움직임을 보이지 않았다.

"너무 신경 쓰지 마세요. 적의 감시망을 피해 접근해 왔습니다. 그들도 아직 오가회가 자신들을 노릴 것이라고는 생각도 하지 못했을 것입니다. 또한 귀문이 그들의 후위를 치고 있으니 정신이 없을 겝니다. 지금이 저들의 선봉을 무너뜨릴 수 있는 절호의 기회입니다."

"그럴까요?"

"예, 걱정 마세요. 이미 금가장의 외곽을 오가회가 물샐틈

없이 포위하고 있지 않습니까?"

"휴, 그렇다면 다행인데… 왠지 걱정스럽군요."

남궁무혁이 미간을 찌푸리면서 고개를 내저었다.

"자, 갑시다. 저들에게 오가회가 건재함을 보여주어야 합니다. 감히 사파의 떨거지들에게 무림을 내어줄 수는 없는 일이지요."

"알겠습니다."

모용관천이 이끄는 모용세가의 일백 무인, 그리고 남궁세가의 창궁검수대를 비롯한 오가회 수백 무인이 금가장 전체를 둘러싸고 멈추어 섰다.

이미 사흑련에서 그 수많은 무인들의 운집을 눈치채었을 법도 한데 금가장은 숨소리조차 흘러나오지 않을 정도로 고요하기만 했다.

장원의 정원 안에 깔린 어둠을 비추기 위해 밝혀둔 홰가 바람에 일렁거렸다.

"어째 조용한데?"

오가회의 선두에서 금가장을 노려보던 황보무군이 남궁창현을 바라보면서 말했다.

"그래, 너무 조용해."

불안한 심경이 그대로 드러나는 황보무군의 목소리에 남궁창현이 고개를 끄덕거렸다.

"어쨌든 준비해라. 시작되면 너와 내가 최선봉에서 적들을 뚫어야 할 테니."

황보무군는 자신의 파풍도를 고쳐 잡으며 전면을 응시했다.

"그래."

피융!

밤하늘을 향해 붉은색의 신호탄이 쏘아져 올라왔다.

"신호군."

붉은 신호탄은 진격하라는 의미였다. 오가회의 무인들이 신호탄을 기점으로 금가장의 외곽으로 모두 네 패로 나누어 접근해 갔다.

북으로는 남궁세가의 창궁검수를 이끄는 남궁창환이, 동쪽으로는 모용세가의 장남인 모용성, 남쪽으로는 황보세가의 황보강, 서쪽으로는 산동악가의 악비환이 각각 무인 이백여 명씩을 나누어 이끌고 금가장을 포위했다.

황보무군와 남궁창현은 후방 본진에서 대기하고 있다가 적의 본진이 뚫리면 돌파를 시도해 적의 수장인 독곡주의 목을 베어야 하는 임무를 맡았다.

불화살을 기점으로 모든 무인이 금세라도 금가장의 담벼락을 넘을 수 있을 만큼 가까이 접근했다.

*　　　　*　　　　*

오가회의 가주들이 모여 있는 본진.

"너무 조용합니다. 이 거리라면 반응이 있어도 있어야 하는 겁니다."

남궁무혁이 아랫입술을 씹으면서 미간을 찌푸렸다. 다른 세가주들도 지금의 고요함에 대해 마음이 쓰이는지 굳어진 표정이 역력했다.

하나 때는 늦었다. 혹여 사흑련의 유인책이라고 할지라도 이미 엎질러진 물이었다.

만약 이대로 퇴진한다면 오가회의 사기는 떨어질 것이 자명한 일.

더욱이 퇴진하는 사이 뒤를 공격당한다면 전멸을 각오해야 할지도 몰랐다.

이제 더 이상 지체해서는 안 된다. 다시금 무인을 규합해 도전할 수는 없는 일이었다. 결단을 내려야만 했다. 설사 그것이 지옥으로 가는 아가리에 목줄을 들이미는 일이라 할지라도.

"칩시다."

무거운 음성이 흘렀다.

오가회의 수장인 황보천린이었다.

"예?"

남궁무혁의 눈이 부릅떠졌다.

“지금 쳐야 합니다. 되돌리기에는 늦었어요.”

“……”

“황보 가주.”

모용관천이 불러보았지만 황보천린은 더 이상 대답이 없었다.

“후, 알겠습니다.”

남궁무혁의 어금니가 지그시 깨물어졌다.

“철아, 거기 있느냐?”

황보가주의 결정에 남궁무혁이 결심한 듯이 낮은 음성으로 밖을 향해 소리치자 산만 한 덩치를 가진 무인이 거대한 참마도를 든 채로 천막 안으로 들어왔다.

철탑을 연상시키는 강인한 체구의 무인은 남궁무혁의 차남 남궁철이었다.

“예, 아버님!”

결연한 표정으로 고개를 숙이면서 대답하는 남궁철를 향해 남궁무혁이 명했다.

“지금부터 우리는 금가장의 담을 넘는다. 혹여 적이 우리를 기다리고 있다고 해도 굴하지 말고 밀어붙이라 전해라. 일전에 전한 대로 동서남북의 수장들에게 동시에 들이닥치라 해라. 본진은 적이 응수해 오자마자 동측의 입구를 향해 쉬지 않고 달린다. 창궁검수들에게 명해라. 적의 중심을 무너뜨리는 동안 회피는 없고, 돌파만 있을 뿐이라고.”

"예, 아버님!"

남궁철이 우렁차게 대답하고 밖으로 나갔다.

"모용 가주, 이제 우리도 그만 갑시다. 저 어린 무인들에게만 위명을 줄 수는 없지 않겠소?"

"남궁 가주……."

남궁무혁이 언제 그랬냐는 듯이 원래의 음성으로 돌아와 호탕하게 웃으면서 일어났다.

청풍검객이라는 명성에 걸맞게 그는 원래의 호쾌한 모습으로 돌아와 있었다.

천막의 입구를 열어젖힌 그의 사이로 들어오는 어둠이 마치 무저갱의 지옥문처럼 보인 것은 그만의 착각이었을까? 어쩌면 제 죽을 줄 알면서 불을 향해 날아드는 부나방인지도 모른다. 어쩌면 이미 죽음을 예감하고 싸움에 임하고 있는지도 몰랐다, 마치 마지막 발악처럼.

*   *   *

와아아!

일천의 무인들이 동서남북으로 금가장의 담을 넘었다.

저마다 살기 어린 모습으로 장원의 담을 넘어 들어가는 무인들은 홰로 밝힌 장원 안에 갑작스럽게 들이닥치기 시작했다.

하나 무인들은 수많은 전각과 거대한 연무장 어디에서도 사흑련의 무사를 만날 수가 없었다.

개미 새끼 보이지 않을 정도로 고요한 장원의 분위기에 잠시 주춤거릴 수밖에 없었다.

덜컹.

장원 안으로 밀어닥친 무인들이 우왕좌왕하는 사이, 한 전각 문이 열렸다.

그리고 그 칠흑 같은 어둠 속에서 드러난 작은 반짝임.

슈웅!

공기를 찢어발기는 듯한 소음과 함께 무언가 날아왔다.

"쇠, 쇠뇌다! 피해라!"

한 무인의 외침과 동시에 두 자 이상이나 될 법한 쇠화살이 날아왔다.

전장에서 말과 군사를 동시에 꾀어버릴 때 사용하는 거대한 활.

어째서 사흑련이 그러한 무구를 가지고 있는지 몰랐지만 하나를 신호로 수십여 발의 쇠뇌가 허공을 갈랐다.

"끄아악!"

비명성이 터져 나왔다. 날아온 쇠뇌는 두어 명의 무인을 꾀어 달고 날아서 담벼락을 부수며 꽂혔다.

슝! 슈슝!

고요를 갈라내는 듯한 날카로운 파공성은 잠시도 쉬지 않고 사방으로 날아갔다. 그때마다 쳐내지도 피하지도 못한 무인들은 꼬치 꿰이듯이 꿰여 죽어나갔다.

따당!

"동요하지 말라! 쳐낼 수 있는 자는 쳐내고, 막아내기 힘든 자는 바닥에 엎드려라!"

한 대의 쇠뇌를 검을 휘둘러 쳐낸 남궁무혁이 외쳤다.

하나 피해는 속출해 갔다. 함께 온 무인들 중 태반이 미처 대비하지 못하고 죽어버렸다.

"제기랄! 망할 사파 놈들!"

절로 욕설이 새어 나오는 남궁무혁이었다.

"홀홀, 오가회의 떨거지들. 군사의 예상이 정확히 맞아떨어지는군."

주름이 가득한 노인이 지붕 위에서 나타났다.

장원 전체를 울리는 그의 목소리에 오가회 무인들의 시선이 집중되었다.

"저, 저자는?"

"독곡주다!"

누군가의 외침으로 무인들 사이에서 동요가 일어났다.

"모조리 죽여주마!"

독곡주의 비릿한 웃음과 함께 지붕 위에서 수십여 명의 인영이 나타났다. 그들의 소매가 떨쳐지고 녹빛 가루가 사방으로 흩날렸다.

"역시… 함정이었나."

모용관천의 얼굴이 와락 일그러졌다.

하지만 이미 늦었다.

모용관천은 양손으로 검을 움켜쥐었다.

"커억! 독이다!"

수십여 명의 인영이 뿌린 것은 독분이었다.

금세 오가회의 무사들이 얼굴이 시커멓게 변하며 쓰러졌다.

순식간에 장원 안이 아비규환으로 변했다.

"모두 입을 가려라! 마시지만 않으면 된다! 부상자들을 수습해 뒤로 물려라!"

모용관천이 더 이상의 피해를 막기 위해 앞섶을 찢어 입을 가리고 외쳤다.

"흥! 네놈들이 원하는 대로 둘 성싶으냐!"

독곡주가 전각 아래로 뛰어내리며 오가회의 무인들을 쓸어가기 시작했다.

그의 손을 통해 뿜어지는 독공에 우후죽순처럼 무인들이 쓰러졌다.

독과 쇠뇌의 공격으로 비록 그 수는 많았지만 오가회의 무인들은 오합지졸로 변해 버렸다. 지금은 잠시 퇴진을 하는 수밖에 없었다.

"황보 가주! 당장 물러나야 하오! 이미 저들이 기다리고 있는 이상 피해만 늘릴 뿐이요!"

멍한 얼굴이 되어 있던 황보천린이 모용관천의 외침에 급히 정신을 차리고 외쳤다.

순식간에 수십여 명의 사상자가 나버리자 그의 표정은 너무도 침통해 보였다.

"뒤, 뒤로 물러나라!"

황보천린의 외침에 오가회의 무인들이 썰물처럼 빠져나가기 시작했다.

"흥, 부나방 같은 놈들!"

독곡주는 물러나는 그들의 뒤를 따라붙으며 공격했지만 모용관천과 남궁무혁의 막아섬에 쉽게 공격을 이어가지는 못했다.

그 순간 물러나던 무인들 사이에서 혼란이 일어났다.

장원 안의 전각이 열리고 흑립에 검은 옷을 입은 자들이 비조처럼 하늘을 날아들었다.

"저, 저들은!"

모용관천은 언젠가 가문을 공격해 왔던 그들의 모습을 선명하게 기억하고 있었다.

풍룡이 아니라면 그들에 의해 모용세가는 이미 무너져 내렸을지도 몰랐다.

"흑살대다! 흑살대야!"

무인들이 그들의 모습에 괴성을 지르며 도망치기 시작했
다.

설마하니 사흑련이 그들의 주력 중 하나인 흑살대까지 준
비해 둘 줄은 상상도 하지 못한 것이다.

"제길……."

오가회의 수장들의 얼굴이 딱딱하게 굳었다.

"지금 즉시 장원을 벗어나라!"

오가회의 무인들은 눈물을 머금으며 금가장에서 물러나야
만 했다.

수십여 명이 죽고 수십여 명이 부상을 입었다.

한 번의 실수로 남궁세가는 씻을 수 없는 상처를 입어야 했
다.

3

호북성 십언(十堰) 평원.

무너진 화산파로 되돌아가는 송학 도장을 비롯한 화산의
제자들은 자신들의 앞을 막은 수많은 무인들 틈에 둘러싸였
다.

뒷짐을 지고 매서운 눈으로 자신을 가로막은 이들을 쏘아
보는 송학 도장의 옷깃이 바람에 휘날렸다.

고작 십여 명이 되지 않는 화산의 무인들을 수백여 명이나

되는 이들이 막아서 있었다.

그들의 중앙에는 거대한 기가 바람에 찢어질 듯이 펄럭이고 있었다.

"무림 말학 방시혁이 삼황 중 일인이신·송학 도장을 뵙습니다."

포권을 하며 앞으로 나선 이는 사흑련주 방시혁이었다.

공손히 예를 다했으나 송학 도장의 표정은 그리 밝지 못했다.

"어째서 가로막은 겐가?"

"별 뜻은 없습니다. 단지 걸음을 돌려주십사 하는 것이지요."

"그게 무슨 소린가? 화산의 제자들이 화산으로 돌아가는 것인데 어찌 그것을 막는단 말인가?"

송학 도장의 미간이 찌푸려졌다.

"하하, 도장. 도장께오서 이곳을 지나 화산으로 돌아가신다면 이 후배의 체면이 제대로 서겠습니까?"

"뭐라?"

"아니 그렇습니까? 사흑련이 육성을 제패하고 깃발을 꽂았습니다. 모두 저희들의 손안에 든 곳이지요. 한데 어찌 주인된 자가 찾아온 손님을 허락없이 들여놓는단 말입니까?"

방시혁은 눈앞에 무림인들의 존경과 선망의 대상인 송학 도장을 두고도 조금도 위축됨없이 대답했다.

“닥치시오! 감히 화산을 무너뜨리고……!”

방시혁의 말에 화가 났는지 미추홀이 참지 못하고 나섰다.

“그대는 누구인가?”

“나는 미추홀이라 하오!”

“미추홀이라? 핫핫! 송학께서 제자를 두셨다 하더니 그대가 바로 검룡인 모양이군.”

방시혁은 미추홀을 향해 웃으며 마주 포권을 했다.

그 모습이 화산을 불태운 원수라 하기에는 너무나 호탕해 보였다.

“비켜서시게. 우리는 화산으로 돌아가야 하네.”

송학 도장이 나지막한 목소리로 방시혁을 타이르듯이 말했다.

“도장, 그만 걸음을 돌리시어 정무협이 있는 무당으로 돌아가시지요.”

방시혁의 점잖은 말에 수양이 깊은 송학 도장의 눈썹이 꿈틀거렸다.

“지금 나의 말을 업신여기는 것인가?”

“핫핫, 설마요. 그럴 리야 있겠습니까?”

“그런데 지금 나를 세워두고 말장난을 하는 연유는 무엇인가?”

“말장난이라니요. 당치도 않습니다. 어찌 제가 감히 송학 도장을 상대로 말장난을 하겠습니까?”

방시혁은 예의를 다하는 듯했지만 송학 도장은 도리어 그 모습에 더욱 화가 났다.

"놈! 감히 나를 능멸하는 것인가!"

송학 도장의 분노한 일갈이 터져 나오자 음파가 사방으로 퍼져 나가며 울림을 만들어내었다.

목소리에 실린 내공만 보아도 송학 도장이 얼마나 강한지를 느낄 수 있었던 사흑련의 무인들은 긴장한 표정으로 마른침을 삼키며 주춤거렸다.

"도장."

방시혁은 공손하게 포권했던 손을 풀었다.

"화산은 더 이상 그 어느 곳에도 존재하지 않습니다."

"뭣이?"

"만약……."

방시혁이 자세를 낮추며 금세라도 앞으로 튀어나갈 듯이 상체를 숙이고 손에 도를 잡아갔다.

우웅!

송학 도장을 바라보던 그 눈빛이 매섭게 변하고 그의 몸에서 엄청난 투기가 유형화되어 피어올랐다.

그것을 신호로 사흑련의 무인들이 무구를 꺼내 들며 언제라도 출수할 수 있게끔 준비했다.

"화산을 되찾고자 한다면 이 자리에서 저희들을 넘어가서야 할 겁니다."

“네놈들이……!”

송학 도장의 얼굴이 분노로 붉게 달아올랐다.

사흑련의 무인들은 지금 죽음을 각오하고 있는 것처럼 결연한 표정이었다.

방시혁의 모습을 보니 자신이 펼칠 수 있는 최대의 공력을 끌어올린 듯 이마와 도를 잡은 팔에 힘줄이 선명하게 드러나 있었다.

“허!”

왠지 허탈한 웃음이 났다.

잠시 눈을 감고 고개를 쳐들었던 송학 도장이 가볍게 숨을 쉬고 방시혁을 바라보았다.

그의 눈에 떠오른 결연한 빛을 보며 담담히 응시했다.

“화산의 제자들은 모두 물러나거라.”

“사부님!”

“사조!”

미추홀과 일로검객을 비롯한 화산의 제자들이 반문했지만 송학 도장은 아무런 대답도 하지 않았다.

“아무도 나서지 말거라.”

송학 도장이 방시혁을 쳐다본다.

“자신있느냐?”

나지막하게 물어가는 송학 도장의 음성에 엄청난 기세가 느껴졌다.

방시혁은 대답 대신에 자신의 도를 힘주어 움켜쥐었다.

"좋다. 나를 넘는다면 이 길로 나는 너희들의 행사에 관여치 않겠다."

송학 도장의 기세가 변했다.

온화하고 부드러웠던 기세가 서릿발 같은 기운을 뿜어내며 변하자 대기가 일순간 흐름을 멈춘 듯이 고요해졌다.

피웃!

방시혁의 도가 일직선으로 뻗어 나왔다.

허공에 그려진 한줄기의 직선은 번개보다도 빠르게 송학 도장을 향해 그어졌다.

"사부님!"

완만하게 휘어진 도가 송학 도장을 베고 지나가는 모습에 미추홀이 경악성을 내뱉었으나 송학 도장의 신형이 일렁거리며 사라졌다.

도를 내뻗은 방시혁은 공격을 멈추지 않았다.

순식간에 손 안에서 도를 회전시켜 역수도로 고쳐 잡고는 매서운 도기를 줄기줄기 쏟아내었다.

파카카카캉!

도기가 순식간에 평원을 가득 채우며 퍼져 나갔고, 부서진 기파가 너울져 사방으로 휘몰아쳤다.

"우웃!"

지켜보던 화산파와 사흑련의 무인들이 떨어져 있음에도

느껴져 오는 기파에 움찔거리며 물러났다.

순식간에 수십 초가 방시혁의 도를 타고 뻗어 나왔다.

사방이 가득 채울 듯이 몰아치는 도기의 폭풍에 갇혀 있는 송학 도장이었으나 그 움직임은 여유롭기만 했다.

투웅!

일순간 방시혁이 도를 세워 자신의 전면을 막으며 튕겨져 나왔다.

오연하게 지면을 밟고 선 송학 도장이 일장을 내밀어 방시혁을 쳐낸 것이다.

누가 보아도 실력 차가 분명했으나 송학 도장의 얼굴은 딱딱하게 굳어 있었다.

"음……."

송학 도장은 자신의 소맷자락을 보며 작은 신음성을 흘렸다.

베였다.

오랜만의 긴장감이었다.

난잡할 정도로 휘둘러대는 도법이었는데 일순간 자신의 소매를 길게 베어놓고 지나간 것이다.

송학 도장이 생각할 틈도 없이 방시혁의 도가 그의 상단을 쓸어왔다.

도기가 한 치 앞까지 다가올 동안 송학 도장은 인상을 찡그리고 움직이지 않다가 거세게 진각을 밟았다.

꾸웅!

평원이 지진이라도 난 듯이 진동했고, 송학 도장을 중심으로 십여 장의 지면에 거미줄과도 같은 균열이 만들어졌다.

"과연!"

어느새 허공으로 치솟았는지 방시혁이 송학 도장의 머리 위에서 직각으로 도를 뻗어왔다.

"흥!"

송학 도장의 발이 지면을 차며 몸을 물리자 도가 그의 코앞을 스쳐 지나며 바닥을 찍었다.

그 순간 송학 도장은 헛바람을 집어삼켜야만 했다.

방시혁의 도가 방향을 바꾸는가 싶더니 회오리처럼 송학 도장을 따라붙지 않는가?

'이, 이런!'

차라랑!

피하는 것이 급급했던 송학 도장이 급기야 허리춤의 검을 뽑아 올렸다.

고색창연한 송문고검이 방시혁의 도를 쳐내었다.

두 개의 무구가 부딪치며 생겨난 반탄력으로 밀려 나간 방시혁이 바닥을 몇 번이나 구르고서야 자세를 잡고 일어났다.

두어 걸음 밀려난 송학 도장이 믿을 수 없다는 표정으로 방시혁과 자신의 손에 들린 검을 쳐다보았다.

검을 뽑는 것이 조금만 늦었더라도 큰 낭패를 볼 뻔했지 않은가?

"역시 검황이라 불리는 송학 도장이십니다."

"……."

"하나 이제 검을 드셨군요."

송학 도장의 손에 검이 들렸다는 것이 어떠한 의미인지 모르지 않을 것인데 방시혁의 얼굴에 어린 기쁨은 무엇이란 말인가.

송학 도장이나 되는 이가 검술을 펼칠 때 굳이 무구를 사용하지 않아도 된다는 것쯤은 누구나 알고 있는 것이다.

하나 지푸라기를 잡고 펼치는 검술과 검을 잡고 펼치는 검술은 그 위력에서도 엄청난 차이를 가지고 있었다.

"허, 볼수록 나를 놀라게 하는 놈이구나!"

송학 도장은 진심으로 감탄했다.

자신이 은거한 뒤로 도대체 무림이 어찌 변했는지 만나는 젊은 놈마다 무공의 경지가 혀를 내두르게 했다.

"검을 드셨으니 이제 저도 진짜로 하겠습니다."

방시혁이 다시금 자세를 잡으며 송학 도장에게 말했다.

처음의 기수식과는 완전히 다른 자세였다.

도를 옆구리까지 당기고 한 손으로 검의 손잡이를 움켜쥔 모습은 베기를 위주로 한 발검이었다.

"좋구나. 아마도 지난 이십 년간 내게 검을 잡게 한 것은 무황과 양 교주 이후로 네가 처음일 것이다."

감탄에 이어진 송학 도장의 행동에 화산의 제자들이 깜짝 놀라고 만다.

송학 도장이 기수식을 취했기 때문이다.

'설마… 스승님께 검을 들게 할 줄이야……!'

미추홀은 마른침을 삼키며 놀란 표정을 지었다.

스승이 취한 기수식은 화산의 비전인 독고구검이었다.

"흐흐, 즐거운 일이군요."

방시혁이 기쁘게 웃는다.

"오너라! 모처럼 걸출한 상대를 만났으니 나또한 전력을 다하마!"

"감사합니다!"

먼저 움직이기 시작한 것은 방시혁이었다.

그그그.

그의 도가 쇠 갈리는 듯한 소음을 만들어내며 도갑을 빠져나왔고, 도를 채찍처럼 휘어진 강기의 기운이 뒤따랐다.

"반월강!"

한 바퀴를 완전히 돌아간 듯이 허공을 베어낸 방시혁의 도에서 반월형의 강기가 송학 도장을 향해 날아갔다.

"오라! 탄강이더냐? 제법이구나!"

송학 도장의 목소리는 진심으로 즐거워하는 것 같았다.

쿠앙!

송학 도장이 검을 쳐올려 강기를 반으로 가르자 양쪽으로

나뉜 강기가 지면에 부딪쳐 나가며 엄청난 폭발음을 만들어
내었다.

방시혁은 계속해서 도를 휘둘렀고, 수십 개의 강기가 송학
도장을 향해 날아갔다.

쿠앙! 쿠쿠쿵!

송학 도장의 검에 날아온 강기는 그의 소매조차 스치지 못
하고 반으로 잘려 나갔다.

한쪽은 날리고 또 한쪽은 베어내며 조금씩 거리가 가까워
지고 있었다.

쩌저정!

한 걸음을 사이에 두고 마주한 방시혁의 도와 송학 도장의
검이 맞부딪치자 기의 파동이 사방으로 퍼져 나갔다.

마치 힘겨루기라도 하듯이 서로를 노려보며 검과 도를 밀
어대고 있는 방시혁과 송학 도장은 서로를 향해 히죽거리면
서 웃었다.

"놈, 제법이다만 아직 멀었다!"

송학 도장이 공력을 급속도로 증폭시키며 검에 밀어 넣자
넉 자나 되는 검강이 솟구쳐 올랐다.

퍼어억!

도를 밀어내며 그대로 후려친 송학 도장의 검에 방시혁이
가까스로 도를 휘둘러 막아냈으나 도강과 함께 도신이 깨어
져 나갔다.

“우욱!”

밀려난 방시혁은 무릎을 꿇고 울커거리며 핏물을 토해내었다.

승패가 갈렸다.

사황대주 천하성은 방시혁을 부축하며 걱정스러운 얼굴로 바라보다 외쳤다.

“사흑련 무인들은 들어라! 이곳에서 뼈를 묻는다! 모두 송학 도장을 공격하라!”

천하성의 명령에 수백의 무인이 벌 떼처럼 일어나 송학 도장을 향해 몸을 날렸다.

무릇 수장들 간의 겨룸에서 패하면 물러나 주는 것이 예의였으나 천하성은 어쩔 수 없었다. 비록 욕을 먹을지라도 군사의 명을 따르는 것이 옳다고 생각했기 때문이다.

“이놈들, 부끄럽지도 않은가?”

미추홀이 사흑련 무인들을 맞아갔고, 화산의 무인들이 그 뒤를 따르자 십언평원은 금세 얽히고설키는 거대한 전장으로 변해 버렸다.

그 중심에 선 송학 도장은 더 이상 검을 휘두르지 않고 쓰러진 방시혁을 쳐다보았다.

“뛰어난 아이로구나.”

무려 반나절 동안이나 이어진 화산과 사흑련의 싸움은 화산파가 물러나는 것으로 그 결말을 맺었다.

송학 도장이 아무리 강하다 할지라도 화산의 제자들을 지키며 절정의 고수로 이루어진 수백여 명의 무인을 상대한다는 것은 무리였다. 더구나 일로검객이 가슴에 큰 상처를 입었고, 화산의 제자 둘이 쓰러지자 송학 도장이 결정을 내렸다.

"음……."

송학 도장이 무거운 신음성을 흘렸다.

화산을 찾아가고자 하는 걸음을 막기 위해 너무나 많은 생명이 죽었다.

심문(審問)

武林
君子
무림군자

후두두둑!

아침부터 쏟아져 내린 빗줄기가 점점 더 거세지더니 천둥과 함께 장대 같은 소나기로 변했다.

질척해진 대지를 밟고 산을 오른 사내는 중턱에 지어진 관제묘에 도착했다.

몇 번이고 뒤를 돌아보며 따르는 자가 없는지를 확인한 사내는 관제묘 안에서 흘러나오는 불빛에 흐뭇한 표정을 지었다.

관제묘의 안쪽에 피워둔 모닥불이 일렁거렸고, 그 앞에는 천으로 머리까지 덮어쓴 사내의 그림자가 벽면을 가득 채우고 있었다.

"나 원 참, 무슨 비가 이리도 많이 내리는 거야? 하늘이 뚫린 것도 아니고."

툴툴거리며 비를 떨어내며 들어온 사내는 어디서나 볼 수 있음 직한 중년인이었다.

"거 잠시 신세 좀 지겠습니다."

사람 좋은 인상을 지으며 모닥불로 다가선 중년인이 양해를 구하며 옆자리에 앉았다.

"오랜만에 뵙습니다."

중년인의 나지막한 목소리가 관제묘 안을 흘렀다.

"이번에는 한참 만에 연락을 하셨군요."

"……."

"야랑께선 강녕하십니까? 언젠가 만나 뵙고 감사를 전해야 할 터인데……."

중년인의 말에도 모닥불을 쬐던 사내는 아무런 대답을 하지 않았지만 그것이 익숙했는지 중년인은 별다른 내색을 하지 않았다.

"이번엔 어떤 일을 해야 합니까? 안 그래도 요즘 무림 쪽이 시끌시끌하던데……."

중년인의 말에 천 아래로 드러난 사내의 입가에 미소가 어렸다.

그 모습을 보는 순간 무언가 이상하다 느꼈음인지 중년인의 눈에 살짝 이채가 어렸다가 순식간에 사라졌다.

"저런, 눈치챈 것인가?"

"예?"

모닥불에서 앉아서 기다리던 이는 북궁단야였다.

그녀의 말에 중년인이 애써 어리둥절한 표정을 지었지만 북궁단야는 고개를 가로저었다.

"이미 늦었다고. 부인하려면 눈빛부터 관리했어야지."

"예? 무슨?"

히죽거리면서 웃는 북궁단야의 모습에 중년인이 화들짝 놀라며 뒤로 물러났다.

"이봐, 이미 들켰다니까. 십오호라고 불러야 하나?"

북궁단야의 말에 중년인의 얼굴이 딱딱하게 굳었다가 자신의 실수를 눈치채고는 눈웃음을 흘렸다.

"무슨 일인지는 모르지만 저는 그런 사람이……."

중년인이 어색하게 손사래를 치며 물러났다.

"저는 단지 인근에서 장사나 하는……."

"그래, 장사나 하는……."

북궁단야가 피식 웃으며 일어나는가 싶더니 갑자기 중년인을 향해 검을 휘둘렀다.

그그극.

그녀의 검이 관제묘의 석벽을 깊이 긁어내렸다.

중년인은 장사로 먹고사는 사람치고는 너무도 빠른 움직

임으로 검격을 피해 물러나 있었다.

"호오? 장사나 하는 장사치가 제법이야. 안 그래? 웬만큼 수련이 없고서는 피하기 힘들었을 텐데 말이야."

북궁단야가 이죽거리며 검을 흔들자 중년인의 얼굴은 딱딱하게 굳었다.

실수였다.

미세한 살기라도 실리지 않으면 반응하지 않도록 훈련받아온 중년인이었는데 살기를 느끼기도 전에 목젖을 노리고 들어오는 검격에 무심코 움직여 버린 것이다.

"젠장!"

중년인이 짧은 욕설과 함께 빠르게 관제묘의 입구로 몸을 날렸다.

퍼억!

하지만 입구를 뚫고 날아온 주먹에 중년인이 얼굴을 얻어맞고 튕겨지듯이 관제묘의 안쪽 바닥을 뒹굴었다.

"크윽!"

중년인의 도주를 차단하며 들어온 이는 북궁단야의 수하들이었다.

그 뒤를 따라 무명이 관제묘 안으로 들어섰다.

피가 흐르는 자신의 코를 부여잡고 일어난 중년인이 주위를 둘러보며 상황을 살폈다.

살기를 뛰어넘을 정도로 빠른 검술을 가진 검수 하나, 언뜻 보기에도 절정을 넘긴 듯한 여인들, 학사 차림의 사내였다.

'필패!'

중년인은 자신의 처지를 금세 파악했다.

남은 것은 비밀을 숨기기 위한 자결뿐이었다.

"제길!"

중년인의 손이 빠르게 품속으로 들어갔다.

그의 손에 시커먼 단약이 들려 있었고, 입으로 가져가려 했다.

하지만 그 행동은 끝까지 이어지질 못했다.

"섣부른 행동 하지 마, 당신이 말해줄 게 많거든."

북궁단야가 싸늘하게 이죽거리며 어깨를 툭하고 치자 중년인은 손가락 하나 꼼짝달싹할 수가 없었다.

이미 마혈을 짚인 탓에 벌린 입조차 다물지 못하고 있는 것이다.

무명 일행이 십오호라 지칭되는 중년인을 쫓은 것은 닷새 동안이었다.

무명과 북궁단야가 평복으로 갈아입고 마을에 잠입해서야 그를 지키는 이들로부터 시선을 피할 수 있었다.

은밀하게 그를 지키고 있는 은신자들을 찾아 모두 처리하느라 제법 오랜 시간이 걸린 것이다.

처음에는 그를 바로 덮치려 했으나 만에 하나 그가 의외로 강한 무공을 지녀 도주할 것을 우려한 무명이 북궁단야를 막왔고, 은신자들로부터 그가 알아볼 수 있는 표식을 알아내 이런 함정을 파서 그를 관제묘에까지 유인한 것이었다.

그는 '십오호' 라는 암호명으로 불리는 중년인이었다.

그는 그의 말대로 인근에서 장사를 하며 제법 번듯한 가정의 가장으로 위장하고 있었다.

그에게는 내자가 있었고 슬하에 자식까지 두고 있었다.

"자, 그럼 시작하죠? 나는 당신이 내가 원하는 것을 충분히 안다고 생각해요."

그를 심문하는 것은 북궁단야가 맡았다.

신분이 신분인만큼 그녀는 정보를 알아내기 위한 다양한 방법을 익히고 있었다.

중년인은 꼼짝도 하지 못하고 자리에 앉혀졌다.

북궁단야의 얼굴이 그의 곁으로 가까워졌고, 귓가에 소곤대듯이 말했다.

뜨거운 호흡이 그대로 느껴졌다.

소곤대는 목소리였지만 온몸에 소름이 돋아오를 정도로 차갑게 느껴졌다.

"쉽게 가르쳐 주지 않을 것을 잘 알아요. 아마도 당신은 저 아래에 있는 당신의 가족들이 죽는다 해도 절대 대답해 주지 않겠죠?"

"음……."

"그래요. 만약 당신이 참지 않으면 이런 일을 하는 것이 무척이나 실망스러울 거예요. 잘 참길 바라요.”

북궁단야가 평소의 모습과는 다르게 옅은 미소를 지었다.

“자, 그럼 첫 번째, 야랑은 어디 있나요?”

십오호는 말하지 않겠다는 듯이 눈에 힘을 주었다.

“그래요. 좋아요.”

북궁단야의 손이 중년인의 허벅지를 쓸었다.

중년인은 그녀의 손길에서 소름 끼칠 정도로 차가운 기운이 느껴지자 목울대로 마른침을 삼켰다. 그리곤 눈을 찢어질 정도로 부릅떴다.

푸욱.

북궁단야의 손이 그대로 중년인의 허벅지를 파고들었다.

“끄으으으으.”

억눌린 비명 소리가 들리고 중년인의 얼굴이 일그러진다.

손가락이 파묻힐 정도로 허벅지를 깊이 파고들자 중년인의 입에서 비명이 터져 나온다.

“끄아아악!”

“저런! 시끄럽잖아요. 이 정돈 참아내야지. 비명을 즐기기는 하지만 일단 손님들이 계시니 아혈을 짚도록 하죠.”

푸욱!

북궁단야의 손이 중년인의 허벅지를 파고든 채 움켜쥐어졌다.

“제법 근육이 튼튼하네요. 그리고 이건… 뼈인가요?”

잔인한 미소를 지은 북궁단야가 생긋이 웃으며 힘을 주자 중년인의 눈에 핏발이 돋아 오르고 온몸에 잔경련이 일어났다.

"그래요. 이 정도는 참을 줄 알았죠."

무림에서 상대에게 고통을 주기 위해 만들어진 것이 분근착골이라는 것이 있다.

그리고 중년인과 같은 이들은 혹여 잡혀서 비슷한 고문을 당할 때를 버텨내기 위해 내성을 기르는 훈련을 받는다.

하지만 북궁단야의 고문은 도저히 이겨낼 수 있는 범주의 것이 아니었다.

생살을 찢고 파고들어 뼈를 움켜쥐는 고통을 누가 참아낼 수 있을까?

고통스러운 상황에서 비명조차 지르지 못하는 중년인의 모습에 모두의 눈살이 찌푸려졌다.

북궁단야의 손이 허벅지를 빠져나오자 핏물이 튀어 올라 그녀의 옷이 금세 시뻘겋게 물들었고 얼굴이 피범벅으로 변했다.

"좋은 느낌은 아니군요."

북궁단야가 쓰게 웃자 그녀의 수하가 천을 꺼내 얼굴을 닦아주었다.

중년인은 게거품을 물며 혼절하기 일보 직전이었다.

수많은 고통을 당해보았지만 이런 종류의 고통은 처음이

었다.

북궁단야는 아주 친절하게도 허벅지에 생겨난 상처에 금창약까지 발라주며 붕대를 매어 치료를 해주었다.

"자, 그럼 다시 시작해 볼까요?"

그녀의 손이 반대편 허벅지를 파고들고 잠시 헐떡이던 중년인의 몸이 급살을 맞은 듯이 떨려왔다.

소리없는 비명이었지만 관제묘 안은 금세 비명성으로 가득 찬 것처럼 느껴졌다.

북궁단야의 손이 허벅지를 빠져나오자 중년인의 고개가 꺾였다.

고통을 참지 못하고 혼절한 것이다.

"깨워."

중년인의 몸에서 잠시 물러난 북궁단야가 쓴웃음을 지으며 말하자 그녀의 수하들이 중년인의 얼굴에 찬물을 끼얹고 아혈을 풀었다.

"허억, 허억, 허억……."

순식간에 십 년은 늙어버린 듯한 중년인이 가쁜 숨을 내쉬며 깨어났다.

이전과는 다르게 북궁단야를 바라보는 그의 눈동자에서는 두려움이라는 감정이 느껴졌다.

"자, 그럼 다시 묻죠. 야랑은 어디에 있나요?"

"모, 몰라."

중년인이 힘겹게 대답하자 북궁단야의 얼굴에 또다시 싸늘한 미소가 어린다.

"모른다… 듣고자 했던 대답은 아니군요."

그녀의 손가락이 사내의 배꼽 위를 파고들었다가 움켜쥐어진다.

"끄아아악!"

중년인이 미친 듯이 고개를 흔들어대며 비명을 내질렀다.

"갈비뼈… 하나 정도는 뽑아내도 살아가는 데 지장없을 거예요."

뚜둑.

생긋이 웃는 얼굴과는 다르게 그녀의 손이 기괴한 소음을 동반한 채 사내의 몸에서 떨어졌고, 그 손에는 피와 살점이 붙은 뼈다귀 하나가 들려 있었다.

"끄아아아아!"

중년인은 미친 듯이 헐떡거렸다.

"아프죠? 아플 거예요. 그렇게 하라고 배웠으니까. 자, 그럼 대답해요."

북궁단야의 음성이 중년인의 귓가를 파고든다.

"제, 제발……!"

중년인이 애원하듯이 외쳤다.

이미 그의 눈에는 공포가 가득했고, 북궁단야에 대한 두려움에 정신을 차리지 못하고 있었다.

“야랑… 그는 어디 있나요?”

“모, 모릅니다. 정말로 모릅니다.”

“모른다구요?”

북궁단야의 눈이 차갑게 가라앉으며 중년인의 몸에 손이 대어졌다.

“모릅니다! 정말입니다! 제, 제발! 야랑의 거처는… 끄아아아악!”

푸욱!

반대편의 갈비뼈 하나가 뽑혀져 나왔다.

무명이 막아서려 자리에서 일어나는 것을 북궁단야의 수하가 막았다.

“치료해.”

북궁단야의 말에 그녀의 수하들이 중년인의 피를 지혈하고 붕대를 감았다.

두 다리와 가슴에 붕대를 감은 중년인은 온몸이 땀범벅으로 변했다.

당장에라도 이 악귀 같은 여인의 손에서 벗어나고 싶었다.

“야랑은 어디 있나요?”

또다시 북궁단야가 다가왔다.

“모릅니다. 정말로 그분의 거처는 모릅니다. 저희가 알고 있는 것이라고는 일호의 위치만 알고 있을 뿐입니다. 그분과

통하는 것은 저희들 중에서도 그가 유일합니다.”

북궁단야가 중년인을 지그시 쳐다본다.

중년인은 어떻게든 자신의 말이 사실임을 인식시키기 위해 묻지도 않은 것을 대답하기 시작했다.

“원래 이곳에서 일호를 만나기로 되어 있었습니다. 저희는 모두 일백여 명으로 구성되어 있고, 일호를 제외한 모두가 서로 다른 신분으로 임무를 수행해 왔습니다. 제가 아는 것이라고는 일향촌이라는 마을의 위치를 알아내는 것이 전부입니다.”

“음, 아쉽게도 제가 필요한 내용은 아니네요.”

북궁단야가 싸늘하게 미소 지으며 다가서자 중년인의 얼굴이 사색이 되었다.

“제, 제발… 아는 것은 모조리 말씀드리겠습니다. 제발!”

차라리 죽고 싶은 심정이었다.

자결이라도 하고 싶었지만 저들은 어떻게든 제지할 것이 분명했다.

“잠깐만요.”

뒤에서 듣고 있던 무명이 북궁단야를 막아서자 모두의 시선이 그에게 쏠렸다.

중년인의 말을 듣고 무거운 표정을 지은 무명이 중년인을 향해 다가왔다.

“좀 전에 일향촌이라고 했나요?”

"예?"

"일향촌……."

무명의 말에 중년인이 다급하게 고개를 끄덕거렸다.

"예. 지난 오 년간 일향촌이라는 마을에 대해 정보를 모으고 있었습니다."

"자세히 말해주세요."

무명이 관심을 가지자 북궁단야가 물러났다.

"야랑으로부터 일향촌을 찾으라는 전언이 있었습니다. 찾는 즉시 통보하라는 일급 지시였습니다."

"음… 찾았나요?"

"아닙니다. 아직 찾지 못했습니다. 모종의 단체가 그들과 연결되어 있음을 알게 되었지만 그 위치는 완전히 찾지 못했습니다."

"그렇군요."

무명이 고개를 끄덕거렸다.

"야랑이 어째서 일향촌을 찾고 있나요?"

"그… 그것은……."

중년인이 갑자기 말하기를 주저하자 북궁단야의 눈살이 찌푸려졌고, 그것을 본 중년인이 급히 말을 이었다.

"황가의 핏줄 때문입니다."

"황가의 핏줄?"

"예. 일향촌을 이끌고 있는 여인은 패국의 무장입니다. 그녀는 주유검의 은혜를 입어 아들을 낳았습니다."

"아들?"

"예. 주유검의 배다른 혈족입니다. 처음에는 저희도 그 사실을 알지 못했으나 일향촌을 뒤쫓으며 알아낸 사실입니다. 일향이라는 여인의 이름은 문설리. 그녀는 비밀리에 정보 세력을 기르고 있었습니다. 그들과의 마찰에서 그녀의 신분을 알게 된 것입니다."

"음......"

무명이 신음성을 흘렸다.

"그런데 어째서 야랑이라는 자가 그녀를 찾고 있는 것이지?"

"추살입니다. 이미 그녀에 대해서 추살령이 떨어져 있습니다."

"추살령?"

무명의 얼굴이 딱딱하게 굳었다.

"예, 추살령입니다. 무슨 이유인지는 모르지만 야랑께서는 그녀를 찾아내는 즉시 추살하라는 명을 내렸습니다."

"그렇군요."

무명이 고개를 끄덕거렸다.

중년인 십오호는 무명이 묻는 말에 한 가지도 빠짐없이 대답하고 있었다.

무명이 무섭지는 않았지만 옆에서 싸늘한 표정으로 보는

여인이 주는 공포는 실로 엄청난 것이었다.

"일호를 만나려면 어떻게 해야 하나요?"

"방, 방법은 없습니다. 그가 찾아올 때까지 기다려야 합니다. 저희는 단지 표식을 남기는 방법밖에는……."

"표식을 남긴다라……."

"예, 저희가 전할 내용이 있을 때는 표식을 남깁니다."

"그렇군요. 한 가지 더 묻죠."

"마, 말씀하십시오."

"은신자들… 그들도 야랑이라는 자의 수하입니까?"

"아, 아닙니다. 그들은 오로지 제가 고용한 이들입니다. 근래에 주위에서 지켜보는 이들이 많아서……."

아마도 지켜보는 자들이라는 것은 북궁단야의 수하들인 모양이었다.

"그렇군요. 알겠습니다."

무명이 씁쓸한 미소를 지으며 일어났다.

만약 그의 신변을 지켜주던 은신자들이 야랑이라는 자의 수하라면 필시 이쪽에서 그를 찾으려 하고 있다는 사실이 드러날 것이 분명했지만 별도로 고용한 것이라면 큰 문제는 되지 않는다.

＊　　　＊　　　＊

“십오호와 연락이 두절되었습니다.”

컴컴한 어둠 속에서 나지막한 목소리가 흘러나온다.

“흠…….”

황포를 두르고 분재를 손질하던 손이 멈추어졌다.

“원래 하던 일은?”

“일향촌에 대한 것을 분석하던 일이었습니다.”

“그렇군.”

“어찌할까요?”

“내버려 두는 게 좋겠지.”

“하나…….”

“그대로 둔다. 어차피 이제 알려진다 해서 변하는 것은 없다.”

“알겠습니다.”

“그보다 그쪽의 움직임은?”

“현재 사천성까지 점령했습니다.”

“좋아, 기대했던 것 이상이군. 귀왕이라는 녀석이 제법인 모양이지?”

“예.”

“후후, 역시 호랑이 새끼인가? 주유검의 아들이라더니…….”

노인의 입가에 미소가 생겨났다.

“또 하나의 정보에 의하면 빙궁의 여식이 야랑을 뒤쫓고 있다 합니다."

"흐흠, 그런 여인이 있었나?"

"예. 아마도 팔 년 전의 복수 때문인 것으로 보입니다."

"팔 년 전?"

노인은 기억나지 않는 듯 얼굴을 찡그렸다.

"낙양경매장에 노예로 있었던 모양입니다."

"호오, 그래?"

"제법 과한 힘을 지니고 있습니다."

"의외로군."

"예."

"그냥 둬. 제법 괜찮은 유흥거리인지도 모르겠군."

노인의 얼굴에 흥미로운 웃음이 지어졌다.

"그보다 팔기군 쪽은 어찌 되었나?"

"현재 황도로 물러갔습니다. 또한 황 대인이 의심의 눈길
을 받고 있는 모양입니다."

"그렇겠지."

"어찌할까요?"

"글쎄… 아직은 필요한 인물이다."

노인이 분재를 손질하던 것을 멈추고 돌아섰다.

"천귀."

"예, 노야."

"아직 귀문이 천자산을 넘어서는 안 되겠다."

“예?”

“후후, 너무 일러.”

“하지만 이미 진격을 시작했습니다.”

“알아. 하나 이미 사흑련에 자그마한 선물을 보내두었다. 아마도 천자산을 넘기는 힘들 게야.”

부복하고 있던 인물이 고개를 들었다.

그는 바로 귀문의 인물인 천귀라는 노인이었다.

야랑이라 지칭되는 노인의 말에 천귀의 얼굴이 딱딱하게 굳었다.

“설마 저희를 내치시려는 겝니까?”

“이 사람, 오해하지 말게. 내가 어찌 그대들을 내치겠는가? 내 수족이나 다름없는데 말이야.”

“그런데 어찌……?”

“아직은 귀문이 천자산을 넘어서는 안 돼. 사흑련은 조금 더 버텨줘야 해. 조만간 사흑련은 황인욱의 존재와 함께 무너질 것이야. 그때까지는 버텨줘야지.”

“…….”

“그보다 귀문이 한 가지 해주었으면 하는 일이 있다.”

“하명하시지요.”

“황후를 제거하라.”

“예?”

천귀는 노인의 말에 깜짝 놀랐다.

황후를 제거하라니…….

"지금의 황후는 가장 위협적인 존재야. 어쩌면 나에게 있어서 가장 비등한 세력을 가지고 있을지도 모르겠어. 척일도가 죽자 그의 세력들이 모두 황후에게 줄을 대었으니 말이야. 그리고 황후의 죽음으로 황인욱은 더 이상 설 자리가 없어질게야."

"노야, 하지만……."

"큭큭큭. 왜, 두려운가?"

"아, 아닙니다."

"그대들의 능력을 믿겠다."

"음… 알겠습니다."

황후를 제거하는 것은 척일도를 제거하는 것과는 차원이 다른 문제였다. 황궁으로 잠입해야 한다는 문제점도 있었지만 감히 황후를 암살한다면 그 이후가 문제였다.

만에 하나 일이 잘못되는 날에는…….

"걱정하지 말라. 그대와의 약속은 반드시 지켜질 것이니까."

"아, 알겠습니다."

천귀는 자신의 마음을 들킨 듯하여 살짝 얼굴이 붉어졌다.

어째서 귀문에 있어야 할 천귀가 이 자리에 있는 것일까?

그리고 어째서 그가 야랑의 지시를 받고 있는 것일까?

＊　　　＊　　　＊

쏴아아!

관제묘 안으로 비가 들이쳤다.

"일단은 저는 귀문에 들러야겠습니다."

"설마 홀로 막으시려는?"

북궁단야의 물음에 무명은 대답 대신에 가만히 고개를 끄덕였다.

"위험합니다."

"예, 위험하죠. 하지만 그들이 사흑련과 부딪치게 해서는 안 됩니다."

"하지만……."

"괜찮습니다. 다행히 귀문에 친분이 있는 인물이 있으니."

"예?"

"아닙니다. 일단 일호라는 자에 대해서 알아봐 주시면 고맙겠습니다."

"알겠습니다."

무명은 잠시 동안 북궁단야의 얼굴을 쳐다보고는 관제묘 밖으로 빠져나갔다.

굳이 묻지 않아도 북궁단야의 행동을 알고 있었다.

자신의 수하를 죽인 놈이니 무명이 얼마 동안 봐온 그녀의 성격상 용서할 리가 없었다.

또한 무명이 그녀와 그 수하들 사이의 정을 알지 못하니 살려주라 청할 수도 없었다.

"끄아아아!"

무명이 관제묘를 빠져나온 뒤 고통스러운 비명성이 울리고 잠시 후 온 몸에 피 칠을 한 북궁단야가 빠져나왔다.

"죄송합니다."

"아닙니다."

북궁단야의 사과에 무명이 씁쓸하게 웃었다.

第九章
천자산 혈투

武林
君子
무림군자

1

호남성의 거대한 산악 천자산(天子山).

호남성 북방을 가로막은 거대한 산악은 시산혈해로 변해
가고 있었다.

하루가 멀다 하고 싸움이 일어났다.

사천성을 무너뜨린 귀문이 남하를 시작하며 중경을 넘었
고, 천자산에서 방비하고 있던 사흑련과 부딪쳤다.

자신들의 무력을 믿었던 귀문은 은귀를 중심으로 사흑련
의 무인들을 밀어붙이기 시작했지만 무림에 나선 후 처음으
로 일백여 명의 귀혼이 몰살당하며 물러나야 했다.

개개인으로 따지면 전혀 귀문의 상대가 되지 못했던 사흑

련이었으나 그들이 만들어놓은 함정과 진법에 귀문의 무인들은 속절없이 목숨을 잃었다.

일대일에 강했던 귀문의 무사들은 생전 처음 보는 사흑련의 대처에 우왕좌왕하고 있었다.

천자산의 혈전 이틀째.

"끄아악!"

팔이 뿌리째 뽑혀 나간 무인이 괴성을 질러댔다.

주량은 자신을 향해 공격해 온 짐승과 함께 수십의 무인을 베어버렸다.

그의 발아래 수십여 명의 시신과 짐승의 시체가 가득했다.

비록 수하 여섯을 잃었으나 실로 엄청난 무위를 선보인 주량이었다.

"귀왕, 야수문입니다."

은귀의 말에 주량의 한쪽 눈썹이 씰룩거렸다.

야수문.

사흑련을 지탱하고 있는 여섯 개의 문파 중 가장 저돌적인 무인들이 포진한 곳이다.

곳곳에서 튀어나오는 짐승들과 무인들로 인해 귀혼 수십이 목숨을 잃었다.

거의 일 년이라는 시간 동안이나 세심히 훈련시켜 온 무인들이 단 한 번의 싸움으로 목숨을 잃어버린 것이다.

야수문의 수십여 명의 무인을 홀로 베어버린 주량이 고개를 들었다.

무표정한 얼굴로 선 주량은 천자산 위를 바라보았다.

주량은 지금의 형세가 마음에 들지 않았다.

사방을 가득 메우며 쏟아져 내리는 화살 비로 인해 천자산에 도착한 이후 단 한 걸음도 앞으로 나아가지 못하고 있었다.

정면대결이 아니라 몸을 숨긴 채 쥐새끼마냥 귀문의 걸음을 멈추고 있는 사흑련이 너무도 마음에 들지 않았다.

더더욱 화가 나는 것은 전쟁터에 마치 유람이라도 나온 것처럼 학사풍 차림에 여인까지 끼고 천자산의 중턱에서 지휘를 하고 있는 놈이었다.

"저놈인가?"

무미건조한 음성으로 묻는 주량의 물음에 화살을 쳐내던 은귀가 대답했다.

"예."

"음… 독서생 곽주한……."

주량의 눈이 가늘어졌다.

어중이떠중이를 모아 무림의 거대 문파로 키운 희대의 전략가로 소문난 그가 바로 독서생이었다.

"마음에 들지 않아."

주량의 얼굴이 잔뜩 찡그려진다.

쑤웅!

때마침 주량을 향해 거대한 쇠뇌가 쏘아져 왔다.

엄청난 속도로 날아드는 쇠뇌였으나 주량은 고작 반보를 옆으로 물린 것으로 피했다.

쇠뇌의 공격에도 주량은 곽주한에게서 시선을 떼지 않은 채로 지면에 박혀든 쇠뇌를 한 손으로 잡아 빼 들었다.

백여 장은 넘어 보이는 거리.

팔뚝에 힘줄이 불거져 나올 정도로 힘을 주었던 주량이 독서생이 만들어놓은 단을 향해 쇠뇌를 던졌다.

주량의 힘에 쇠뇌가 마치 창처럼 날아온 것보다 배의 속도로 쏘아져 나갔다.

"군사!"

날아온 쇠뇌를 보고 대경실색한 밀원주 막야가 급히 검을 휘둘러 쇠뇌를 쳐냈다.

까앙!

"큭!"

하지만 쇠뇌에 실린 힘이 너무도 강해 고작 방향을 바꾼 것에 불과했고, 막야는 시큰거리는 손목을 부여잡고 인상을 찡그렸다.

곽주한의 시선이 쇠뇌를 날린 주량을 향해 돌아갔다.

'귀왕……'

아무도 말해주지 않았지만 곽주한은 그가 귀왕 주량임을 알 수 있었다.

싱긋이 미소를 지은 곽주한이 주량을 향해 공손하게 포권하며 고개를 숙였다.

아래쪽에서 그 모습을 선명하게 본 주량은 입꼬리를 말아 올리며 싸늘하게 웃었다.

"저자가 귀왕이군."

"예, 그렇습니다. 가공할 인물입니다. 야수문의 일 개 대를 홀로 무너뜨려 버린 자입니다."

"호오!"

막야의 말처럼 그의 주위에 엄청난 수의 시체가 널브러져 있었다.

"멋진 인물이군."

독서생이 주량을 향해 진심으로 감탄했다.

삼황이 아닌, 야수문의 일 개 대를 홀로 무너뜨릴 만한 존재가 또 있단 말인가?

"인사를 해주어야겠군."

곽주한이 피식 웃으며 막야를 향해 말했다.

"밀원주."

"예, 군사."

"지금부터 모든 무인들에게 퇴각 명령을 내려라."

"예?"

"화룡지계를 시작한다."

곽주한의 말에 막야의 표정이 딱딱하게 굳었다.

"존명!"

삐이익!

날카로운 소성이 천자산을 울렸다.

채앵!

치열한 접전을 펼치며 귀문의 무인들을 막아내던 사흑련의 무사들이 피리 소리가 울려 퍼짐과 동시에 재빨리 몸을 물렸다.

갑작스러운 퇴진에 어안이 벙벙해진 귀문의 무인들이 잠시 검을 멈추었다.

또그르르.

무언가 산위에서 굴러 내려왔다.

작은 불꽃을 매단 채로 사방에서 굴려져 내려오는 구체에 귀문의 무인들이 잠시 서로의 얼굴을 보며 어리둥절한 표정을 지었다.

"저, 저건!"

누군가 산을 굴러떨어지는 구체의 정체를 눈치채고 경악성을 내뱉는다.

짜앙!

그가 경고성을 외치기도 전에 중턱을 내려오며 바위에 부덮친 폭탄이 터져 나간다. 미처 퇴진하지 못한 사흑련의 무사들까지 갈가리 찢겨져 나갔다. 소음만으로도 무인들을 충분히 공포에 빠져들게 하기에 충분한 위력이었다.

화탄, 그것도 군부에서 전쟁을 위해 만들어진 인마 살상용 작열탄이다.

"피해랏! 화탄이다!"

쾅!

콰쾅!

화탄이 삼 장여의 공간을 날려 버리면서 사방에서 폭발음을 만들어냈다. 천자산이 뒤흔들리면서 울렸고, 무인들은 화탄이 닿는 곳에서 조금이라도 물러나기 위해서 몸을 날렸다. 하나 공간은 비좁았고, 피할 수 있는 곳은 한정되어 있었다.

수 명의 무인이 한 줌의 핏물과 살덩이로 변해 산화했다.

꽈광!

사방에서 화탄이 터지자 귀왕 주량이 어금니를 깨물면서 자신의 앞으로 오는 화탄을 걷어차 버렸다.

쾅!

쾌속하게 날아간 화탄이 산중턱 바위에 부딪치면서 터져 나갔고, 인근 나무들과 물러나던 무인들이 불길에 타올랐다.

"으아악!"

불길을 품은 채로 산을 굴러떨어지는 참상은 실로 아비규
환과도 같았다.

"귀왕! 화탄입니다! 피하십시오!"

은귀가 다급히 외쳤다.

"감히!"

귀왕 주량은 이를 갈았다.

하지만 까맣게 내려오는 화탄을 뚫고 천자산을 오른다는
것은 불가능에 가까웠다.

어쩔 수 없이 귀문의 무인들은 부상자들과 죽어간 동료들
의 시신조차 회수하지 못한 채로 몸을 돌려야만 했다.

"지금이다! 놈들의 후미를 친다!"

곽주한이 싸늘한 미소를 지으며 명을 내리자 야수문주를
필두로 쐐기형으로 진형을 갖춘 야수문 무인들이 질주하듯이
산 아래로 쏟아져 나오기 시작했다.

가가각!

이미 전의를 잃어버린 귀문의 무인들은 한 줌의 검기조차
뽑아내지 못하고 베어져 나갔다.

뒤로 물러나던 귀왕이 수하들의 비명 소리에 얼굴이 와락
일그러졌다.

"이런 개자식들이!"

은귀의 만류에도 주량이 몸을 돌렸다.

분노한 주량의 주먹에 엄청난 기운이 어렸다.

“으하하합!”

내지른 주먹에 주량의 내력이 폭사하듯이 쏟아져 나갔고, 후미를 추격해 오던 사흑련의 선두가 휩쓸려 무너지자 추격이 주춤거리기 시작했다.

귀왕이 범처럼 으르렁거리며 기운을 내뿜자 천자산에 백기가 걸리고 추격이 멈추어졌다.

귀왕이 싸늘한 얼굴로 천자산을 노려본다.

그의 시선에 곽주한이 비릿한 미소를 지으며 고개를 숙이는 모습이 보였다.

“놈… 두고 보자.”

귀왕 주량이 몸을 돌리는 것으로 천자산에서의 첫 번째 싸움이 끝났다.

“대단한 자군.”

곽주한이 무심한 눈으로 귀왕의 뒷모습을 바라보았다.

“뛰어난 인물이지요, 그 마교를 밀어냈으니.”

제갈선혜가 혀를 내두르며 그의 의견에 동조했다.

“밀원주!”

“예, 군사.”

“속히 피해 규모를 파악하세요. 머지않아 다시 공격해 올 것입니다.”

“예? 하나 놈들이 방향을 틀기라도 한다면?”

“후후, 그럴 일은 없을 것입니다.”

“예?”

곽주한이 묘한 미소를 지으며 말했다.

“그의 눈… 그는 절대로 행로를 바꾸지 않을 것입니다. 아마도 이곳 천자산으로 총력을 기울일 것입니다.”

“조, 존명.”

“현재 련주께선 어찌 되셨나요?”

“송학 도장과의 싸움 이후 본진으로 돌아오고 계십니다. 부상 상태가 무척이나 심각하다고 들었습니다.”

“음… 그렇겠죠. 검황이니 쉽지는 않을 것이라 생각했습니다. 굳이 무리하지 말라고 전하세요. 송학 도장의 걸음을 막은 것으로 충분합니다.”

“존명!”

“군사, 일전에 지시하신 대로 금가장에서 독곡이 오가회의 본진을 부쉈습니다.”

“그렇겠죠. 오가회에서 가진 무력은 전무합니다. 큰 걱정은 하지 않아도 되겠죠. 하나 그들이 정무협과 연계를 맺게 해서는 안 되겠죠?”

곽주한이 막야를 쳐다보았다.

“아이들에게 그리 전하겠습니다.”

“좋습니다. 그리고 야랑이 보낸 무인은 어디에 있나요?”

“후방에 위치해 있습니다.”

"후후, 일단 감사라도 전해야겠군요."

독서생이 걸음을 옮기려는데 막야가 무거운 표정으로 말했다.

"한데… 그리 가까이하지 않는 것이 좋지 않을까요?"

"그게 무슨 소립니까?"

"저는 야랑이라는 자가 그다지 마음에 들지 않습니다. 몇 번 같이 임무를 수행했습니다만……."

"후후, 무엇을 그리 걱정하시는 겁니까?"

"글쎄요… 군사께서 잘 알아서 하시겠지만……."

막야의 표정은 더욱 어두워졌다.

"이번 일에 사용된 화탄의 수는 무려 일천 관에 달합니다. 아무리 황기군장이라 하여도 그 정도의 화탄을 사용할 수는 없습니다. 야랑이라는 자, 단지 황인욱의 수하로만 생각하기에는 의심스러운 구석이 너무나 많습니다."

"음…그렇군요. 하지만 밀원주, 어차피 우리는 목적이 같아서 연을 맺은 것에 불과합니다. 너무 걱정하지 마세요."

"그야 그렇지만……."

2

천자산에서의 가공할 혈투는 금세 전해졌다.

귀문의 첫 패배로 무인들은 사흑련이 가진 가공할 힘에 다시 한 번 감탄할 수밖에 없었다.

　한편으로는 화탄을 사용한 사흑련을 손가락질했다.

　사흑련과 귀문의 대치는 길게 이어졌다.

　이틀간의 전투는 서로에게 수많은 피해를 입혔고, 천자산에 진을 구축한 귀문은 그 후 사흘간 아무런 움직임도 보이질 않았다.

　세상의 이목이 천자산으로 집중되었다.

　사흑련과 귀문의 싸움은 앞으로의 무림 향방을 결정지을 중요한 싸움이었다.

　천자산 귀문 진영.

　술잔을 들이켜며 무심한 표정으로 앉은 귀왕 주량을 필두로 귀문의 정예인 여섯 명의 귀면탈무인이 도열하고 있었다.

　"화탄이라… 재미있군. 사흑련 놈들이 화탄을 사용한다?"

　주량이 중얼거렸다.

　"화탄은 관에서 엄격히 금하고 있는 물건입니다. 그들이 그 물건을 사용했다는 것은 아마도 관과 연계가 되어 있다는 말은 아닐지……."

　"그렇다면 큰일이 아닙니까? 놈들이 관과 연계했다면."

　은귀와 적귀가 우려를 나타냈다.

　"상관없어."

　눈이 가늘어진 주량이 입꼬리를 말아 올리며 웃는다.

“막아서는 놈이 관이든 무림이든 절대 용서하지 않는다.”

“하지만 귀왕, 놈들의 저항이 거셉니다. 굳이 천자산을 도모하지 않더라도 다른 곳부터…….”

천귀가 넌지시 말해보았으나 주량이 고개를 저었다.

“아니, 천자산으로 간다. 아마 놈도 내가 경로를 바꾸지 않을 것을 잘 알고 있을 거야.”

주량은 독서생이 보여주었던 웃음을 회상했다.

어디 올 테면 와보라는 식의 거만한 웃음이 잊히지가 않았다.

“큭큭… 제대로 나를 도발했어.”

“귀왕…….”

천귀의 얼굴이 가볍게 찡그려졌다.

“천귀!”

“예.”

“지금 놈들을 넘지 못하고서 천하를 도모하는 것은 웃음거리밖에 되지 않아.”

“알겠습니다.”

“큭큭… 감히 나를 도발했다 이거지?”

주량의 얼굴에 싸늘한 미소가 생겨났다.

“밤에 친다. 단, 혼란만 주고 빠져나와.”

“존명!”

“큭. 놈, 어찌 나오는지 두고 보지.”

"음, 알겠습니다."

*   *   *

천자산 사흑련 진영.

"승전을 축하드립니다."

발이 보이지 않을 정도로 배가 나온 사내가 후덕한 미소를
지으며 곽주한에게 포권을 했다.

늘어진 볼살과 남산만 한 뱃살이 출렁거렸고, 입고 있는 옷
은 무척이나 질감이 좋은 비단으로 만들어져 있었다.

"별말씀을, 모두가 금 대인의 도움 덕분입니다."

곽주한이 겸양을 떨었다.

금 대인이라 불린 자는 금마현이라는 이름을 가지고 있었
다.

야랑의 사람이었고 자신을 상인이라고 소개했다. 일개 상
인이 어찌해서 관에서 통제하고 있는 화탄을 그리 많이 움직
일 수 있는지는 의심스러웠으나 곽주한은 크게 신경 쓰지 않
았다.

"후에 야랑께 보답하겠노라고 말씀해 주시지요."

"예, 그리 전하지요."

금마현이 볼을 떨며 웃었다.

사흑련의 무인들은 금마현에게 그리 좋은 감정을 품고 있

지 않았다.

아무리 사파라고는 하나 그들도 무인이었다.

일신의 무공이나 전략으로 싸워온 그들은 군문에서 사용하는 화탄이 그리 마음에 들지 않았던 것이다.

화탄으로 인해 아군까지 죽어나갔다는 사실에 사흑련의 무인들은 명령을 내린 곽주한보다 금마현에게 더욱 좋지 않은 감정을 품었다.

"그런데 귀문 쪽의 움직임이 무척이나 조용하군요. 그날 이후 벌써 삼 일이나 흘렀는데… 혹, 진로를 바꾼 게 아닐지?"

"아니요. 바꾸지 않았을 것입니다."

곽주한이 학익선으로 입을 가리고 눈웃음을 지었다.

"어찌 확신하십니까?"

"후후, 글쎄요. 그냥 감입니다."

"감?"

금마현이 곽주한의 얼굴을 빤히 쳐다보았다.

"감이라니… 허헛. 제갈무후의 현신이라 불리시는 군사께서 감을 믿으신단 말입니까?"

"무엇이 이상한가요? 때로는 머리보다는 느낌을 믿어야 할 때도 있는 법이지요."

"그렇습니까? 하하, 이거 좋은 것을 배웠습니다."

금마현의 너털웃음에 곽주한이 비릿한 웃음을 지었다.

“아마… 그들도 더 이상은 버티고 있지는 않겠죠?”

“예?”

“아, 아닙니다.”

혼잣말처럼 중얼거린 곽주한을 향해 금마현이 되물었으나 곽주한은 옅은 미소만을 흘리며 고개를 저었다.

“참, 야랑께서 저를 다시 부르시는군요. 아마도 곧 출발해야 할 듯합니다.”

“그러십니까?”

“예. 이번에 친황께서 조금 어려운 위치에 계시는 바람에…….”

“음, 그렇지요.”

“그 때문에 야랑께서 조금 언짢아하십니다, 군사께서 친황 폐하를 위기에 빠뜨리셨다고.”

금마현이 옅은 미소를 지으며 눈을 빛내자 사흑련의 무사들이 인상을 찡그렸다.

“하하, 제 불찰입니다.”

“예, 불찰이지요. 사실은 야랑께서 화를 많이 내셨습니다.”

실수를 인정했음에도 금마현이 안타깝다는 듯이 혀를 차자 곽주한의 눈이 살짝 찌푸려졌다.

마치 자신을 수하 대하듯 하는 모습이지 않은가?

“금 대인은 야랑을 무척이나 존경하시는 모양입니다?”

“그게 무슨?”

"그렇지 않습니까? 이곳은 무인들의 문파입니다. 더구나 저는 한 무리를 이끄는 군사입니다. 친황 폐하와 동맹 관계이 기도 하지요. 굳이 따지자면 야랑은 저와 비슷한 위치라고 생 각되는데… 금 대인께서는 마치 저를 그의 수하 정도로 생각 하시는 듯하니 말입니다."

곽주한의 말에 금마현의 얼굴이 살짝 굳었다.

"재미있군요. 야랑도 아시겠지만 친황의 목을 노렸던 저입 니다. 설마하니 금 대인 정도의 목을 치는 게 어려울 것이라 생각하시는 것은 아니죠?"

"……."

농담 삼아 말하는 곽주한의 눈에 싸늘한 빛이 어렸다.

"그게 지금……."

금마현의 얼굴이 딱딱하게 굳어간다.

유들거리며 비웃는 곽주한의 태도에 조금 화가 난 듯한 표 정이었다.

"하하, 농담입니다, 농담. 어쨌든 친황의 위기에 대해서는 걱정 말라 전해주십시오. 의심을 받고 있다 해도 증거가 없으 니……."

"흠."

금마현이 곽주한을 노려보았다.

"어쨌든 나는 이만 돌아가겠소."

눈에 힘이 들어간 채 낮은 목소리로 말한 금마현은 천자산을 빠져나갔다.

“후후, 야랑… 그대가 무엇을 생각하는지는 모르겠지만 나를 너무 우습게 봤군.”

금마현의 멀어지는 뒷모습을 보며 곽주한은 입가에 미소를 띠었다.

“밀원주.”

“예, 군사.”

“어둠이 깔리는군.”

“……”

“귀문에 대비하세요.”

“귀문입니까?”

“그렇습니다. 오늘 밤… 그믐달을 등지고 귀문이 야습해 올 것입니다.”

“알겠습니다.”

막야가 나간 뒤 곽주한이 비릿한 미소를 띠었다.

“후후, 귀왕. 과연 그대의 능력이 얼마나 될지 봐주도록 하지.”

3

해가 지고 세상의 모든 곳과 같이 천자산에도 어둠이 내렸다.

사혹련의 무인들은 매서운 눈으로 산자락 인근을 살폈다.

"으스스하구만."

야수문의 무인 중 하나가 소름이 돋는 듯 자신의 팔을 쓸며 어깨를 으쓱거렸다.

"걱정 말어. 귀문 놈들, 꽁지 빠지게 도망치는 걸 봤잖아."

"하긴."

"군사가 계시는데 무슨 문제가 있을까? 아무리 날고 기는 놈들이라고 해도 군사의 지혜에는 당할 수가 없을 게야."

동료의 말에 두려움이 조금 사라진 듯 그의 얼굴이 밝아진다.

크르르.

무인의 동료이자 오랫동안 함께해 온 괭이가 어둠을 향해 이빨을 드러내며 낮게 으르렁거렸다.

"살묘? 무슨……."

슉!

무인이 고개를 돌리는 순간 어둠이 찢어지며 은빛 광채가 번뜩거렸다.

"끅……."

외마디 비명과 함께 무인과 야수가 쓰러졌다.

어둠 속에서 나타난 귀면은 재차 죽음을 확인하듯이 모습을 드러내었다가 어둠과 동화되어 스며들었다.

“군사!”

밀원주 막야가 관주한이 기거하는 천막으로 급히 달려들어 왔다.

천천히 자신이 쓴 서체에 빠져 있던 곽주한이 그를 힐끗 쳐다보며 묻는다.

“말씀하세요.”

“귀문입니다. 암살자들이 련이 점령한 천자산 곳곳을 들쑤시고 있습니다!”

“유난 떨지 마세요.”

다급한 목소리의 막야를 향해 곽주한이 핀잔을 주었다.

“예?”

“어차피 알고 있지 않았습니까?”

“하나……”

“쓸데없는 소리 말고… 적은 그들뿐이던가요?”

“예?”

“산을 은밀히 거슬러 오는 이는 없는가 묻는 것입니다.”

“아, 예. 아직까지는……”

“흠……”

막야의 대답에 곽주한이 붓을 멈추고 가만히 생각에 잠긴다.

곽주한의 입가에 묘한 미소가 어렸다.

“군사.”

“밀원주.”

“예!”

“저들의 인사입니다. 당해주는 것이 예의지요.”

“예? 하지만 그러기에는 피해가…….”

“후후… 그들은 저들이 보낸 살수일 겁니다. 살수들은 통상 정면 대결을 꺼립니다. 곳곳에 홰를 밝히고 무인들을 한곳으로 모으세요.”

“예, 알겠습니다. 하면 외곽의 경계는?”

“내버려 두세요. 일부의 희생은 어쩔 수 없습니다. 이 싸움… 무림의 주인이 바뀌는 전쟁입니다. 쉽게 끝날 것이라 생각해선 안 됩니다.”

“알겠습니다. 그리고 혹 저들과의 전투가 일어나면 장사(長沙)에 나가 있는 독곡을 불러들여야 하지 않겠습니까?”

“독곡은 그대로 둡니다.”

“예?”

“독곡에는 따로 명을 내려두었습니다. 한동안 오가회는 입은 피해를 복구하기 위해 함부로 금가장을 지나 이곳으로 오지 못할 것입니다. 금가장은 이미 용담호혈이 되었지요. 이제는 정무협을 공격해야 합니다.”

“정무협을!”

“아마 지금쯤 독곡주가 흑사방의 무인들과 연합해 호북성 무당산으로 이동하고 있을 겁니다.”

“그, 그런…….”

“그보다 일단 천자산을 방어해야 합니다. 야수문이 있고, 곧 련주께서 돌아오시면 사황대도 합류합니다. 또한 야랑으로부터 얻어온 화탄이 있지요. 아무리 강한 귀문이라 할지라도 귀왕이 정면 돌파를 원하는 이상 저들은 천자산을 넘지 못합니다. 무공의 높낮이로 넘기에는 천자산이 너무도 우거져 있지요.”

급히 들어온 막야가 무안해질 정도로 곽주한은 태연하기만 했다.

막야는 서둘러 곽주한의 지시를 전하기 위해 밖으로 뛰어 나갔다.

“인사치레라……. 후훗, 귀왕이라는 사내… 제법 재미있는 자군. 원한다면 응해주지.”

곽주한의 입가에 즐거운 미소가 어렸다.

*　　　*　　　*

주량은 뒷짐을 진 채로 천자산을 바라보고 있었다.

“귀왕, 어째서 귀혼들만 보낸 것입니까?”

백귀가 의문이 가득한 표정으로 묻는다.

“왜? 어째서인지 궁금한가?”

“예.”

귀문은 천자산까지 단 한 번도 쉬지 않고 달려왔다.

더구나 귀왕은 항상 빠른 처리를 원했다.

그런데 왜인지 벌써 천자산에 머무른 지 오 일이라는 시간이 지났다.

"인사다."

"……."

백귀는 주량의 말을 이해하지 못해 고개를 갸웃거렸다.

주량이 손가락으로 천자산 위를 가리켰다.

"외곽을 비추었던 홰가 모두 한곳으로 모였다. 그리고 외곽은 마치 덤벼오라는 듯이 비웠지."

"그렇다면 지금 공격하는 것이?"

"아니야. 놈은 내가 공격하지 않을 것을 알아."

"예?"

"걸출한 놈이다. 제법 배짱도 두둑하고 말이야. 어차피 암살로 천자산을 넘을 생각은 없었다. 이곳만 넘으면 무림에서 더 이상 우리를 상대할 곳은 없다. 그러기에 너무 쉽게 넘는다면… 허탈하지 않겠나."

주량은 웃고 있었다.

무림에 나온 이후로 처음으로 기분이 좋아 보였다.

아마도 자신과 비슷한 부류의 걸출한 상대를 만난 것이 좋았던 모양이다, 곽주한 그가 무인이든 아니든.

"백귀, 암살자들을 모두 불러들여라. 이미 우리의 계책이

드러난 이상 더 이상 공격하는 것은 무리다. 인사를 해두었으
니 조만간 싸움이 일어나겠지.”
　“존명!”
　백귀는 의문은 가질지언정 반문은 하지 않았다.

第十章
움직이는 이들

武林
君子
무림군자

1

팔기군의 무장들이 쓸고 간 무당산.

그곳은 또다시 흉흉한 기운이 감돌고 있었다.

주변을 정찰하라고 보냈던 이들의 연락이 두절되었고, 이
내 독곡과 흑사방의 무인들이 정무협을 공격해 온 것이다.

"으아악! 내 눈! 내 눈!"

도사 차림의 무인 하나가 손으로 눈을 부여잡고 미친 듯이
울부짖었다.

사방이 온통 혼란에 잠겨들었다.

갑자기 찾아온 무인들의 공격에 정무협은 순식간에 아비
규환의 전쟁터로 변해 버렸다.

전각이 불타오르고 사방에 시신이 가득했다.

정무협에 모여 있던 각파의 무인들은 적의 정체조차 제대로 파악하지 못한 채로 검에 꿰뚫려 쓰러졌다.

공격해 온 것은 검뿐이 아니었다.

녹색으로 물든 손바닥을 가진 수십여 명의 괴인이 끊이지 않고 무당파의 산문을 넘어왔다.

"독이다!"

몇몇 이름있는 무인들이 괴인들을 베어내었지만 괴인들은 상처를 입은 상태로 끝까지 서너 명의 목줄을 따버리고 쓰러진다.

언제 공격해 온 것인지 이미 다수의 무인들이 중독되어 쓰러졌고, 산공독에 중독된 무인들은 독인들을 뒤이어 올라온 무인들이 휘두른 검에 목숨을 잃었다.

"이, 이놈들……."

무진자가 어금니를 깨물었다.

각파의 수장들이 나섰지만 사방에 깔린 독으로 인해 쉽사리 움직일 수는 없었다.

삼황이나 만독불침의 경지에 올라 있지, 그들은 백독불침도 되지 못했다.

"모두 독기에서 벗어나거라! 물러나 진형을 갖추고 적을 상대해라!"

법혜 방장이 웅혼한 사자후로 주위의 무인들에게 전했으

나 이미 전세는 기울고 있었다.

전각 한곳으로 모여든 정무협의 무인들은 각파의 수장을 비롯해 그 수가 일백여 명을 넘지 못했다.

그나마 다행히 몸을 피한 일백 무인도 저마다 몸에 상처를 입고 있었다. 무진자와 법혜 선사는 아랫입술을 깨물며 자신들을 포위한 괴인들을 지그시 노려보았다.

"호오, 독곡이 움직였나? 사흑련 놈들, 제법이구만."

한 전각의 지붕 위에서 모든 상황을 바라보고 있던 양학명이 살짝 놀란 얼굴로 금만생을 바라보았다.

"으음, 독곡이 움직였다는 말은 처음 들었습니다. 저들이 사흑련에 있다니 놀라운 일이군요. 더구나 선두에 있는 자는 독곡주가 아닙니까?"

"그렇지. 저 노인은 죽지도 않고 버티는구만. 클클."

양학명은 이미 독곡의 무인들이 공격해 오기 이전부터 그들의 움직임을 느끼고 있었다.

그들을 이끌고 있는 자는 독곡주였다. 그의 진득한 독향이 사방에 퍼졌으니 양학명이 굳이 애써 찾으려 하지 않아도 그를 느낄 수가 있었다.

이미 정무협의 무인들은 수많은 사상자를 만들며 포위되고 있었다.

하지만 굳이 마교가 정무협을 도울 이유는 없었다.

어차피 그들은 적이었고 송학 도장이나 개방주 적생을 제외하고는 친분있는 이가 없었으니까. 오히려 그들이 죽어주는 것이 마교에는 더욱 좋은 일인지도 몰랐다.

"재미있게 되었어. 과연 정무협이 어찌 헤쳐 나갈지 기대되는군."

양학명이 호기심 어린 표정으로 쳐다보았다.

독곡의 선두에 있던 독곡주는 정무협과의 싸움에 끼어들지 않은 채 굳은 얼굴로 조금 떨어진 곳의 지붕 위를 쳐다보고 있었다.

"마교주……."

그의 입에서 침음성이 흘러나왔다.

이미 전세가 기운 싸움이었고, 원래의 계획대로라면 이전에 끝났어야 할 싸움이었다.

하지만 그러지 못한 것은 마교주의 존재 때문이었다.

어째서 마교의 교주가 무당산에 있는 것일까?

그가 이 싸움에 개입하려는 것일까?

수많은 생각이 들었다.

만약 마교주가 개입을 시도한다면 정무협을 무너뜨리지 못한 채로 물러나게 될지도 몰랐다.

군사 독서생 곽주한은 이런 상황을 예측이라도 한 것일까?

분명 그는 자신에게 말했다.

허창의 금가장에서 오가회와의 싸움이 끝나면 북진해서 바로 정무협의 본산을 치라고.

그의 말대로 정무협을 찾아갔다던 송학 도장은 화산의 멸문 소식에 분개해 정무협을 떠나 십언평에서 련주와 접전을 벌였고, 정무협에 기거하던 마교주는 관심조차 없는 모습으로 강 건너 불구경을 하고 있었다.

군사는 분명 마교주는 절대 정무협의 위기에 나서지 않을 것이라 말했고, 그의 말은 정확했다.

하지만 독곡주로서는 신경이 쓰일 수밖에 없었다.

마교주 한 명이라면 일찍이 독존이라 불린 자신과 독비들로 어찌해 볼 터였다.

하지만 그의 옆에 있는 자들은 호법원의 무인들이었고, 오래전 자신의 옆구리에 커다란 상처를 만들어준 금만생 역시 있지 않은가?

하지만 지금까지의 진행으로 보았을 때 그들은 구경만 할 뿐 개입할 의지는 없어 보였다.

"흥, 어차피 남의 싸움이라는 것이겠지."

독곡주의 얼굴이 살짝 펴졌다.

이제 곧 있으면 정무협은 무너질 것이고, 살아남을 수 있는 이는 아무도 없을 것이다.

마교주가 막지 않는다면.

쩌저정!

순식간에 사방이 얼어붙었다.

갑자기 무당산에 한기가 찾아온 것만 같았다.

뒤에서 무당산을 오르고 있던 흑사방의 무인들은 괜히 검을 날렸다가 온몸이 차디차게 언 채로 쓰러졌다.

"비켜라!"

무시무시한 빙장을 쏟아부으며 날아드는 열세 명의 괴녀.

그들은 무명의 부탁을 받은 설향과 빙천들이었다.

퍼퍼펑!

사방으로 폭풍과도 같은 한기가 몰아쳤다.

미처 방비하지 않고 있던 무인들은 속절없이 쓰러지기 시작했다.

"크악! 피, 피해라!"

설향과 빙천들은 금세 산문을 올라 정무협과 사흑련이 대치한 곳에 떨어져 내렸다.

"현음신공! 천설아!"

쩌저정!

바닥에 내려앉은 설향이 엄청난 내공을 뿌리며 사방 십여 장을 얼려 버리자 근처에 있던 독비들이 독장을 뿌리지도 못한 채 얼음 조각으로 변해 버렸다.

"뭐, 뭐냐, 이것들은?"

차가운 한기를 느끼며 뒤로 물러난 독곡주의 눈썹이 일그러졌다.

갑작스러운 등장에 무인들이 주춤거리며 싸움을 멈추었다.

설향은 자신이 만든 얼음의 대지를 만족스럽게 쳐다보며 정무협의 무인들에게로 다가갔다.

독비들에 의해 위기에 몰렸던 무진자가 어리둥절한 표정으로 그녀를 쳐다보았다.

"북해의 소궁주인 설향이다. 그대들이 정무협의 무인인가?"

"……."

얼이 빠진 무진자와 정무협의 무인들이 아무 말도 하지 않고 있자 설향이 고개를 갸웃거렸다.

"뭐야, 반대쪽인가? 공격당하고 있어서 정무협인 줄 알았는데……."

설향이 팔짱을 끼고 인상을 찡그리자 그녀의 수하인 화란이 웃으며 말했다.

"소궁주, 그들이 정무협이 맞습니다."

"그래? 제길… 맞는데 왜 대답을 안 해?"

툴툴거리던 설향이 엉거주춤하게 선 사흑련의 무인들을 쳐다봤다.

"이봐, 대충 하고 그만 물러나는 게 어때?"

"뭐?"

독곡주가 설향의 말에 어이없는 표정을 지었다.

"꺼지라고. 늙어서 귀가 먹은 거야?"

"뭐, 이런……."

그녀가 보여준 무공은 충분히 놀라운 것이었다.

하지만 독곡주 본인의 힘에는 많이 미치지 못하는 것이 분명했다.

독곡주가 잠시 움직임을 멈춘 것은 그녀의 등장과 말투가 너무도 황당했기 때문이다.

저러한 막말을 언제 들어보았을까?

그는 기억조차도 하지 못했다.

독곡주가 잠시 어리둥절해 있는 사이에 설향이 대차게 말을 이었다.

"거참, 행동 느린 영감이네. 꺼져!"

"홀홀, 이런 싸가지없는 년 같으니… 감히 본좌가 누군 줄……."

"아, 잠깐!"

화가 난 독곡주가 일장을 내치려는데 설향이 갑자기 손을 들어 그를 제지했다.

엉겁결에 몸을 멈춘 독곡주가 바라보자 설향이 정무협의 무인들을 향해 물었다.

"여기 양학명 노사 있어?"

"에? 마교주라면… 지금 이곳에 없는데……."

무진자가 대답하자 설향의 얼굴이 일그러졌다.

"이런 젠장! 양학명 노사라니까 누가 마교주래!"

무진자의 대답에 짜증이 난 설향이 소리를 지르자 무진자가 움찔거리며 뒤로 물러났다.

사흑련의 공격으로 가뜩이나 정신이 없는 상황에서 천둥벌거숭이 같은 성격의 여인이 다짜고짜 반말에 호통까지 치자 잠시 할 말을 잃어버린 것이다.

또한 그녀가 보인 무공은 자신이 기억하는 바가 맞는다면 오래전에 망해 버렸다는 신비의 문파 북해의 것이 분명했다.

"그것이… 마교주가 양학명……."

무진자가 다시 말을 이으려 했지만 설향은 이미 듣고 있지 않았다.

"내참, 어째 이곳에 말귀 알아듣는 노인이 하나도 없는 거야?"

고개를 저으며 심각하게 고민하는 설향을 향해 독곡주가 분개한 채 어금니를 갈며 그녀의 곁으로 걸어갔다.

"재롱은 이제 다 끝났느냐, 아가야?"

"뭐? 아가?"

설향의 눈이 살짝 일그러진다.

"뒈지려고!"

말투처럼 그녀의 성격은 거침없었다.

설향의 손에 모여든 한기가 순식간에 응축되며 휘저은 손을 따라 독곡주를 향해 쏘아져 나갔다.

쩡!

얼음덩이가 깨어지듯이 설향의 일장이 독곡주의 몸에 미치지도 못하고 허공에서 터져 버리자 설향과 빙천들의 얼굴이 살짝 굳었다.

"좋은 빙장이다만… 상대를 잘못 골랐구나. 흘흘."

독곡주의 입이 기괴하게 일그러지고 그의 몸에서 엄청난 기운이 폭발적으로 쏟아져 나오기 시작했다.

순식간에 설향이 만들어둔 얼음들이 시커먼 독물로 변해 녹아내리기 시작했다.

"소궁주!"

화란이 독곡주의 공력에 깜짝 놀라며 외쳤다.

"알아! 제길… 한 힘 하는 노인이었잖아? 젠장할!"

이미 온몸이 녹색으로 변해 버린 독곡주의 모습에 설향이 아랫입술을 깨물었다.

그냥 있는 체하는 늙은인 줄 알았는데 생각보다 엄청난 실력을 가지고 있었다.

일찍이 빙존이라 불리며 무림을 질타했던 자신의 할아버지만큼이나 강력한 기운이었다.

"죽어랏! 이 싸가지없는 년!"

독곡주의 분노한 독장이 설향을 향해 쏘아져 나왔다.

"소궁주! 피하십시오!"

화란이 설향의 앞을 막아서려 몸을 날리는데 설향은 이미 출수를 하고 있었다.

"젠장! 피하기는 늦었잖아!"

꾸아앙!

독곡주의 엄청난 장력이 터져 나가며 사방으로 독기가 퍼져 나갔다.

장력의 충돌로 생겨난 음파와 기파에 세찬 바람이 휘몰아치고 빙천들은 급히 소궁주 설향의 안위를 살피기 위해 고개를 돌렸다.

"누… 누구?"

설향은 무사했고, 그녀의 앞에는 입가에 미소를 띤 중년인이 그녀의 손바닥을 잡고 서 있었다.

독곡주가 뿜어낸 장력은 보지도 않고 막아버린 것이다.

"그래, 무명이가 나를 찾아서 어찌하라더냐?"

"양학명 노사?"

"그래, 내가 양학명이다."

2

늦은 밤. 북경의 외곽 하가촌.

각지에서 올라온 장사치들로 인해 야시장이 생기고, 사람들이 몰려 정착민들이 하나둘 늘어가면서 만들어진 마을이었다.
  하가촌 야시장에는 수많은 사람들이 모여 연일 인산인해
를 이루었다.
  특별히 하가촌이 유명한 곳은 아니었다.
  하가촌 말고도 야시장이 열리는 곳은 셀 수 없이 많았고,
더욱 큰 곳도 많았다.
  하지만 하가촌이 야시장 중에서 가장 많은 금이 움직이는
곳이라고 해도 과언이 아니었다.
  수도 근처에 있다는 지리적인 이점도 있겠지만, 문제는 불
법적으로 성행하는 지하 격투장과 도박장 때문이었다.
  개방의 소방주인 취취는 지하 도박장 인근을 맴돌면서 동
정을 살피고 있었다.
  아는 사람들은 다 알고 있었지만 지하 도박장은 만금산장
이 운영하는 곳 중의 하나였고, 불법이기는 했으나 만금산장
에서 갖은 뇌물을 뿌려두었기 때문에 관에서도 별다른 제제
를 가하지 않았다.
  사실 굳이 뇌물을 먹지 않아도 도박장과 격투장에 손님으
로 오는 이들 대다수가 관의 고관대작이다 보니 단속을 할 수
가 없는 지경이었다.
  "소방주님, 저쪽입니다."
  싯누런 이빨에 순진하게 생긴 삼걸이 취취의 등 어림에 대
고 속삭였다.

“위험하지 않을까요?”

“위험하겠지. 만약에 알려진 정보대로라면 그가 말한 야랑이라는 놈과 연결된 곳 중에 자금이 가장 많이 모이는 곳일 테니까.”

소취개 취취가 북경으로 오게 된 이유는 모용찬이 전한 내용 때문이었다.

그의 말을 들은 개방주 적생은 최대한의 지원을 아끼지 말라고 전했고, 개방의 모든 걸개가 동원되었다.

취취와 삼걸은 상계의 정보를 찾아내던 중에 만금산장의 금력이 모종의 장소로 이동되고 있음을 알게 되었고, 그에 따라 이곳으로 오게 된 것이다.

“다행히 이곳의 장주라는 금마현이란 놈이 출타 중인 모양입니다. 장주가 나갔으니 그를 호위할 무인들도 함께 동행했을 것입니다. 저희에겐 절호의 기회인 것이지요.”

“그렇구만. 좋아, 들어가자.”

“예.”

취취는 담을 뛰어넘어 어둠 속으로 사라졌고, 삼걸이 주위를 살피다 그 뒤를 따라 몸을 날렸다.

“그나저나 장주님께서는 오늘 늦게나 도착하실 모양이지?”

“그렇다고 하더군.”

만금산장의 내부 순찰을 돌던 호위무인 탑충과 마격은 홰를 들고 두런두런 이야기를 나누며 전각 사이를 지나고 있었다.

털컥.

야밤이라 그런지 문고리를 잡아채는 소리가 무척이나 크게 울렸다.

"이보게, 그냥 두게."

"응?"

"괜히 들어가서 문제라도 생기면 장주님이 좋아하지 않으실 게야."

"하긴……."

"지난번에도 하청이 그 친구가 괜히 열심히 순찰한다고 장주님 집무실에 들어갔다가 족자를 떨어뜨리는 바람에 경을 쳤지 않은가?"

"아, 그렇지?"

"그래. 제법 비싼 족자였던 모양이야. 그 일로 하청이 그 친구, 몰매를 맞고 쫓겨났지 않은가?"

"그도 그렇구만."

"어차피 문도 다 닫혀 있으니 대충 돌아가세."

"뭐, 그러지."

탑충의 말에 마격이 고개를 주억거리면서 문고리를 놓았다.

"……."

"……."

취취와 삼걸은 문 옆의 벽면에 붙어서 쥐 죽은 듯이 숨소리 하나 내지 않았다.

몰래 만금산장 장주의 집무실로 들어간 그들은 순행을 하는 무인들의 발소리가 멀리 잦아들자 취취가 참고 있던 숨을 내쉬었다.

"후아, 들키는 줄 알았네."

"하아, 저두요."

"깜짝 놀랐다. 들어왔으면 바로 들켰을 거야, 그치?"

"아마도요."

삼걸은 자신들이 어질러 놓은 집무실의 모습을 둘러보면서 수긍하듯 고개를 끄덕였다.

금마현의 집무실은 온통 난장판이 되어 있었다.

책장에 꽂혀 있던 책은 전부 바닥으로 떨어졌고, 탁자 위는 서책들로 가득했다.

처음에는 몰래 잠입해서 뒤져 볼 요량이었는데 도무지 중요한 내용을 찾지 못하자 이것저것 마구 빼버린 터였다.

"그런데 도대체 어디에 두었을까요? 분명 상인 놈이니 장부 하나쯤은 놔두었을 것으로 생각했는데……."

"그러게. 하지만 그리 중요한 물건을 함부로 두지는 않았을 거야. 평소 알려진 놈의 성격이라면 야랑에게는 충성하고 있더라도 분명 후일을 위해서 기록을 남겼을 테지. 원래 살아 있는 입보다는 증거물을 남겨두는 것이 확실하거든."

"과연!"

"이 자식들, 근데 대충 보니 더러운 짓만 골라서 했구만. 노예를 경매했던 대부분의 돈이 이쪽으로 흘러들어 왔어. 전에 개봉성 쪽에서 홍수가 나고 그 많은 난민들이 다 어디로 갔나 했더니 모두가 이 자식들 짓이었구만그래. 그 불쌍한 사람들을 전부 노예로 팔아먹다니, 개자식들. 삼걸, 얼른 찾아라. 여기 있다가 들킬 수는 없으니까."

"예, 소방주!"

3

"황궁내시부 시중 목가충, 맞나?"

어둠이 깔려 적막함을 풍기는 작은 침실.

턱밑에 닿은 차가운 감촉에 잠에서 깬 궁영탁은 소스라치게 놀라고 말았다.

검은 옷을 입은 복면인이 날이 퍼렇게 오른 장도를 자신의 목에다 가져다 댄 채로 무심하게 내려다보고 있었다.

'누… 누구?'

이른 새벽의 쌀쌀함이 감도는 가운데 쇠붙이가 살갗에 와 닿는 느낌이 무척이나 차가웠던지 목가충은 정신이 번쩍 드는 것 같았다. 소리를 지르려 했지만 목소리가 나오지 않았다.

"아아, 애써 그렇게 놀라지 않아도 좋아. 그리고 아혈을 점했으니까 목소리도 나오지 않을 거야. 다시 묻지. 황궁내시부의 시중 목가충… 그대가 맞나?"

말을 하고자 해도 목소리가 나오지 않는 경험은 목가충으로서는 무척이나 생소한 경험이었다. 황궁 내시에 불과한 그가 언제 무림인의 무공을 당해본 일이 있었을까. 아마도 살아오면서 한 번도 없었을 것이다.

목가충은 무심한 눈으로 자신을 노려보는 복면인의 모습에 겁에 질려 누운 채로 고개를 끄덕였다.

"그렇게 겁먹지 않아도 돼, 묻는 것에 대해서 사실대로 대답해 준다면 굳이 목숨을 잃을 일은 없을 테니까. 들어보고 잘 고민해서 말하는 것이 좋을 거야. 그리고 혹시 잊어버린 사실이라면 어떻게든지 기억을 해내야 할 테고. 자, 그럼 시작할까?"

끄덕끄덕.

"먼저 첫 번째 질문이다. 야랑이라는 자를 알고 있겠지?"

복면인의 질문에 목가충이 '어떻게 그걸?' 이라는 표정을 지었다.

"아아, 놀랄 필요는 없어. 그 정도 조사하는 것쯤은 식은 죽 먹기니까 말이지. 내가 알기로는 그와 연결된 이들이 꽤나 많다고 들었는데……."

궁영탁의 눈이 커다래졌다.

이미 복면인은 모든 것을 다 알고 있는 것 같았다.

"그들에 대해서 말해봐."

복면인의 목소리가 싸늘하게 변했다.

목가충의 목울대로 마른침이 넘어갔고, 긴장감에 식은땀이 등을 축축하게 적셔오고 있었다.

"내가 생각하기로는 꽤나 많은 이들이 야랑이라는 자와 연관이 있는 것 같은데……."

목가충은 고갯짓을 하지 못하고 크게 뜬 눈알을 좌우로 굴렸다. 등줄기에 식은땀이 흘러내리는 것이 느껴졌다.

복면인의 검이 목가충의 목젖을 지그시 누르자 작은 핏방울이 맺혀왔다.

"이봐, 주의 사항을 제대로 듣지 못한 건가? 빨리 말하는 게 좋을 거야."

목가충은 세차게 고개를 좌우로 흔들었다.

목소리를 낼 수 없으니 무어라 변명도 할 수가 없었고, 자신의 죄를 은폐하기 위해서 고개를 흔드는 것밖에 도리가 없었다.

"아니라고? 설마 그럴 리가? 절대 그럴 리가 없어. 너라면 분명 야랑과 연결된 자들을 알고 있을 거야. 안 그런가?"

목가충은 순간 많은 고민을 했다.

야랑이라는 자에 대해서는 절대 말해선 안 되는 사실 중의 하나였다.

그에게 받은 수많은 뇌물도 문제였으나 그를 통해 행해진 수많은 회합의 내용들은 절대 밝혀져서는 안 되는 내용이었다.

"왜? 뭔가 할 말이라도 있는 표정인데……."

복면인의 말이 떨어지기가 무섭게 목가충이 연신 고개를 끄덕거렸다.

"좋아, 아혈을 풀어주지. 단, 소리는 지르지 않는 게 좋을 거야. 괜히 일을 귀찮게 만든다면 나 역시 당신을 살려둘 이유가 없게 되니까 말이야."

끄덕끄덕.

고개를 끄덕이는 동안 목가충은 옆구리가 뜨끔해지는 아픔을 느꼈고, 목줄기를 막고 있던 무언가가 뚫리는 듯한 기분이 들었다.

"나, 나는 야랑이라는 사람을 모르오!"

아혈이 풀리자마자 목가충은 복면인에게 악을 쓰면서 말했다.

"끝까지 내 인내심을 시험하는군. 잘 생각해 봐. 이미 몇몇은 야랑에 관련된 사실을 불었으니까 말이야. 그들이 지은 죄는 면죄해 주기로 했지."

복면인의 말에 목가충은 어찌해야 할지 판단이 서질 않았다.

복면인이 하는 말이 진실일까?

아니다. 설마 그들이 야랑을 배신했을 리가 없었다.

"후후, 우습군. 너희들의 죄는 이미 황상께서 모두 알고 계신다. 모른다고 하지는 않겠지, 너희들이 지은 죄는 어찌 보면 대역죄에 해당하는 죄임을. 감히 급제도 하지 않은 관리를 등용해서 관직에 앉히다니 말이야."

"헉!"

"놀라긴 이르지. 네놈은 친황을 믿고 있는 모양이다만 그역시 조만간 축출될 것이다. 그가 다음대의 황제 위를 노리고 있음을 우리가 모를 줄 알았나?"

"그, 그런!"

복면인은 이미 모든 계획을 알고 있었다.

"또 한 가지, 네놈이 모르는 것을 가르쳐 주지. 속칭 친황파라 불리는 네놈들이 믿고 있는 황인욱은 야랑이라는 자의 음모 속의 장기 알에 지나지 않아. 야랑이라는 놈은 무언가 다른 것을 노리고 있다. 그가 약속한 바가 이루어질 것이라고 생각했나?"

충격이었다.

목가충은 복면인의 말을 믿을 수가 없었다.

하지만 이미 복면인의 말에 이끌리고 있음은 어찌할 수가 없었다.

"그, 금의위인가?"

목가충은 떨리는 목소리로 물었다.

금의위는 황제가 만들어낸 내부감찰 조직이었다.

복면인은 당연하다는 듯이 고개를 끄덕였다.

"그럴 수가……. 금의위의 수장은 분명 야랑의 사람이라 생각했는데……."

복면인이 잠시 말을 멈추었다.

'설마… 금의위까지?'

목가충의 말은 복면인조차도 놀라웠던 모양이지만 어둠 속에서 복면을 쓰고 있었으니 목가충이 그의 표정 변화를 알 아챌 수는 없었다.

"사, 사실대로 말하면 면죄받을 수 있는 것이오?"

목가충이 머리를 굴리다 마른침을 삼키며 말했다.

"음, 약속하지. 목가충 그대는 아직 완전히 발을 들여놓은 것이 아니니까."

"다, 당연하오! 내가 어찌 황상을 배반한단 말이오. 나 또한 그들의 음모를 파헤치기 위해서 협조하는 척했을 뿐이오."

목가충은 자신을 항변했다.

'버러지 같은 놈.'

복면인은 쓴웃음을 지었지만 목가충에게 알아낼 것이 있었기 때문에 그의 말에 동조해 주었다.

"좋아, 황상께 전해 올리지."

"진심이오! 감, 감사하오. 내 모두 말해주리다."

완전히 돌아선 목가충의 목소리에 복면인이 검을 거두었다.

"야랑이라는 자는 아마 대부분의 관직에 있는 대신들과 연관이 있다 해도 무방하오. 특히나 그들의 치부를 모두 야랑이라는 자가 쥐고 있으니 그럴 만도 하지. 근래에는 친황파의 수를 늘리고 있소. 후대를 위함이지. 내 들은 말이지만 조만간에 황후의 신변에 무슨 일이 생길 것 같소."

"황후에게?"

"그렇소. 금의위라니 현 국정의 세력 다툼에 대해서 잘 알 것이오. 국구 척일도가 죽은 지금의 친황과 세력을 견줄 수 있는 자는 황후가 유일하지. 만약 황후가 죽는다면 그 세력 기반이 누구에게 돌아가겠소? 바로 친황이오. 친황의 세력이 더욱 커지게 되는 것이지."

목가충의 말에 복면인이 고개를 끄덕였다.

"좋아. 좋은 정보다. 그럼 아까 물은 것에 대한 답은?"

"아, 그렇지. 아마 야랑과 가장 밀접한 관계를 가진 인물은 친황을 제외하고 척승일 것이오."

"척승이라고?"

복면인이 의아스러워했다.

척승이라면 원래 척일도의 일파였고, 현재 황후의 세력에 속한 인물이 아니던가? 한데 그가 야랑과 연결되어 있다니 그게 무슨 소리란 말인가?

"척승은 황후파가 아니었나?"

"모두 그렇게 알고 있지. 하지만 아닐 것이오. 언뜻 대립 관계로 보이겠지만 그는 야랑과 무척이나 밀접한 관계를 가지고 있소. 내 확신하지."

"음… 몰랐던 정보군. 그 말이 당신의 목숨을 살렸다."

복면인의 말에 목가충의 얼굴에 화색이 돌았다.

"지금의 내용은 어느 누구에게도 말해서는 안 된다."

"알겠소. 그리하지. 대신에 약속한 면죄는?"

"그대가 원하는 대로 될 것이다. 또한 포상이 내려질지도 모르지."

"포상이라니? 허허, 모든 것이 충심에 따른 것이오."

"좋아, 그럼 후에 다시 찾아오지. 혹 야랑에 관련된 정보가 있다면 문 앞에 홍등을 내걸어라, 그러면 지체없이 찾아오지."

"명심하리다."

복면인은 문을 열고 주위를 살피더니 순식간에 사라져 버렸다.

"과연 금의위로군."

목가충은 그의 신법에 감탄하며 혀를 내둘렀다.

잠시 후 목가충의 저택을 빠져나온 복면인은 주위를 살피고 복면을 벗었다.

드러난 얼굴은 개방의 오결장로였다.

"허, 썩을 대로 썩은 놈이군. 제 살 길을 위해 동료를 팔다니……. 한데 척승이 야랑과 관계가 있다니… 생각보다 놈이 깊이 연관되어 있는 모양이군. 아마도 지금 척승이라는 놈을 찾아가서 알아낼 수 있는 것은 없겠지. 일단 돌아가야겠군."

그는 적생으로부터 임무를 부여받고 대신들과 야랑과의 연결고리를 찾기 위해 북경으로 들어온 것이다.

4

산을 휘돌아 나온 계곡을 따라 만들어진 소로.

오태산(五台山)의 심처를 돌아 일천리나 되는 기다란 그 길에 모처럼의 행렬이 만들어져 있었다.

말이 끄는 수십여 대의 수레와 수레의 좌우로 늘어선 짐꾼들.

행렬을 지휘하는 선두의 무인은 혹시나 있을지도 모를 위협에 대비해 매서운 눈으로 사방을 쓸어보고 있었다.

막 행렬의 선두가 오태산의 계곡 끝으로 들어섰다.

"멈추라!"

계곡이 떠나갈 듯한 외침이 들리고, 계곡의 좌우 비탈을 타고 수십여 명의 사내가 뛰어내렸다.

행렬의 선두에 섰던 사내가 얼굴을 찡그리며 멈추어 섰다.

뛰어내린 사내들은 대충 짐승 털로 기워 만든 의복에 각양각색의 무구를 들고 위협하는 듯한 몸짓으로 자리를 잡았다.

행렬이 멈추자 턱수염이 덥수룩한 사내가 행렬의 앞을 막아서고 호기롭게 묻는다.

"본인은 오태산의 주인인 막여청이다. 그대들은 누구인가?"

짐짓 예를 차린 듯하지만 말뜻은 '나는 산적이로소이다'와 별로 다를 바가 없는 말투였다.

산적들의 우두머리인 막여충의 말에 선두의 무인이 나선다.

"나는 산서표국의 대표두 강문추다."

강문추라는 사내는 업계에서는 제법 이름이 알려진 표두였다.

웬만한 무림인들보다 뛰어난 무공을 지녔다고 알려진 그가 어째서인지 모르지만 벌써 십여 년째 표두를 하고 있었고, 무수히 많은 산적을 베어 그 이름을 떨쳤다.

"호오, 그 이름도 유명한 강문추가 그대로구만."

막여청은 고개를 주억거렸다.

"한데 오태산에 주인이 있다는 말은 처음 듣는군."

강문추가 막여청을 지그시 바라보면서 묻는다.

벌써 수십 번도 넘게 다닌 표행이다.

한데 오태산을 넘나들며 산적을 만나기는 처음 있는 일이
었다.

"먹고살기 힘들어서 전향을 좀 했지."

"전향이라……. 거 안 되었군그래."

강문추가 딱하다는 표정으로 막여청을 바라보았다.

"어쨌든 이곳은 우리 땅이 되었는데 말이지."

막여청이 뒷말을 흐리며 강문추에게 바라는 것이 있는 듯
이 쳐다보았다.

강문추는 그 말에 피식 웃었다.

산적 따위는 전혀 두렵지 않았다.

이제껏 베어온 산적을 합하면 녹림채라도 꾸릴 만한 수였
다.

자신의 이름을 들으면 보통의 산적들은 꽁지를 빼고 도망
치기 일쑤였는데 아무런 반응을 보이지 않는 것을 보니 초짜
가 분명했다.

또한 강문추라는 이름은 대력부왕이라는 무림명으로 회자
될 정도로 유명했으니 길거리 삼류 건달들도 들어보았을 터
다.

아마도 그의 말처럼 막여청이라는 산적은 화전이나 일구
다가 먹고살기가 힘들어져서 전향을 한 것이 분명해 보였다.

"내 오늘은 급히 표물을 운송해야 하니 비켜주지 않겠는
가?"

무림인도 아닌 그들에게 칼을 대기가 불필요하게 느껴졌다.

"표행이라……. 좋지. 한데 말이야, 이곳은 우리가 자리 잡은 지 꽤 오래되었어. 우리는 친절하게도 지나는 분들의 편의를 제공하고, 혹여 있을지 모를 위험으로부터 보호해 주기 위해서 소량의 통행세를 받고 있지."

즉, '돈 내놓아라' 라는 말이었다.

하지만 오랜 표행의 경험으로 이러한 상황이 무척이나 익숙한 강문추는 산적 두목인 막여청의 말에 피식 웃으며 수하를 쳐다본다.

쩔거럭.

미리 준비되어 있던 것인지 수하가 품에서 빼내 던진 주머니가 막여청의 발 앞으로 떨어졌다.

소리만으로도 주머니에 담긴 금액의 양이 적지 않아 보였다.

막여청의 눈짓에 뒤에서 노려보던 산적 하나가 뛰어나와 주머니를 회수하고 펼쳐 보았다.

"금이네요."

"금이라……."

"예. 제법 양이……."

강문추가 던져 준 주머니에는 제법 엄청난 양의 금자가 들어 있었다.

근래 무림이 흉흉해 일거리가 없었으니 그들에게는 실로 큰 금액이라 할 수가 있었다.

한데 막여청도 그렇고 그의 수하로 보이는 산적도 그렇고 금을 보고도 심드렁하기만 했다.

"하하, 이리도 우리를 생각해 주니 감사할 다름이요. 하지만 근래 손님이 없어 애들이 제법 굶주린 모양이야. 산채에 애들도 좀 있고 말이야."

한껏 기세가 오른 막여청이 거들먹거리며 말하자 강문추의 얼굴에 살짝 노기가 생겨났다.

"그래, 얼마를 원하시는가?"

"우리? 우리는 그대들이 지닌 표물을 좀 가졌으면 하는데 말이야."

막여청의 말에 강문추의 얼굴이 잔뜩 굳어들었다.

"놈, 겁을 상실했구나."

"이런 일 하는 놈이 겁이 있을 리가 있나?"

"뭐라?"

아무리 생각해도 막여청의 행동에 어이가 없었던지 강문추가 한동안 아무 말도 하지 않았다.

"놈, 무지렁이 같아 봐주려 했는데… 안 되겠구나!"

강문추가 이죽거리며 등 어림에서 거대한 도끼를 뽑아 들고 말 위에서 뛰어내리자 표사들이 산적들을 비웃으며 검을 꺼내 들었다.

"어? 이, 이봐, 왜 이래? 말로 하지."

"늦었다, 이놈아!"

강문추가 눈을 부라리며 대부를 휘둘렀다.

"아이고! 나 살려… 라고 할 줄 알았냐?"

깜짝 놀라며 물러서려던 막여청이 히죽 웃으며 허리춤에서 무언가를 잡아 뺐다.

시커먼 요대가 풀리더니 강문추의 대부를 때렸다.

까앙!

'까앙?'

요대에 불과한 것인데 어째서 쇠가 부딪치는 소리가 난단 말인가?

더욱이 무지렁이 산적 놈이 어찌 자신의 도끼를 튕겨낸단 말인가?

"무구는 크다고 해서 도움이 되는 게 아니야."

도끼를 튕겨낸 막여청이 어이없어하는 강문추를 향해 엄청난 기세로 요대를 휘둘러왔다.

요대인 줄 알았던 검은 물채가 맹렬한 기세를 품고 전신의 요혈을 노리고 들어왔다.

"그, 그건?"

까가가강!

흔들리듯이 휘어져 공격해 오는 요대를 막아낸 강문추는 손목이 시큰거리는 충격을 느끼며 뒤로 물러난다.

"이게 뭐냐고? 연검이지. 나의 애검이기도 하고."

막여청이 강문추를 비웃으며 물러나는 그의 품으로 파고 들었다.

"헛!"

아직도 강문추는 이 모든 상황이 이해가 되지 않았다.

어째서 산적 놈이 자신이 막아내기 급급할 정도의 검술을 가지고 있으며 그의 손아귀에서 펼쳐지는 검이 허공을 유영하듯 자연스럽게 움직인단 말인가.

"크윽!"

"캑!"

더구나 사방에서 표사들이 쓰러지는 모습이 보였다.

그리고 표사들을 공격한 이들은 너무도 익숙한 무공을 선보이고 있었다.

'저 무공은? 취선보? 타구봉?'

개방의 독문 무공과 너무도 비슷한 움직임.

까강!

"윽!"

막여청이 휘두르는 연검에 가슴이 길게 베어진 강문추가 비틀거리며 넘어졌다.

"큭!"

어느새 다가온 막여청이 그의 목을 지그시 밟고는 히죽거리며 웃고 있었다.

"네, 네놈은 산적이 아니구나?"

"뭐야, 이제 안 거냐?"

푸욱.

입꼬리를 말아 올리며 비웃어준 막여청이 연검에 기를 불어넣어 꼿꼿하게 세워 강문추의 가슴을 꿰뚫어 버렸다.

표사들은 이미 쓰러졌고 강문추 또한 목숨을 잃자 남은 것은 표행을 습격한 산적들뿐이었다.

"모용 공자, 수고하셨습니다. 뛰어난 검술이더군요."

막여청은 바로 모용찬이었다.

"별말씀을. 과연 후개를 호위하는 칠걸답습니다."

그리고 산적으로 위장했던 이들은 바로 개방의 칠걸이었다.

"에이, 검술보다는 모용 공자께선 경극을 하셔도 되겠습니다. 연기가 아주 뛰어나십니다."

"별말씀을."

사걸의 농에 모용찬이 슬며시 미소를 지었다.

표물로 다가간 모용찬이 수레에 덮인 천을 벗겨내었다.

수레 안에는 심지가 달린 둥근 물체와 군부에서 사용된다는 화승총이 가득했다.

"이건?"

"화탄입니다."

"저건 조총이 아닙니까?"

모용찬과 칠걸은 깜짝 놀라고 말았다.

이들 역시 야랑과 관련이 있다 확실시되는 표국을 털은 것인데 그들이 무기를 운반하고 있을 줄은 상상도 하지 못했다.

"큰일이군요. 군부의 허락 없이 이런 물건이 움직이다니……. 일걸님."

"예?"

"표물이 운송되는 곳이 어디라고 했죠?"

"하북의 석가장(石家莊)이라고……."

"음… 일단 개방주님께 돌아가야겠습니다."

모용찬의 얼굴이 눈에 띄게 굳어든다.

"화탄과 총은 어찌하죠?"

이걸의 물음에 모용찬이 대답했다.

"위험한 물건입니다. 개방에서 처리해 주시길……."

"알겠습니다."

5

천자산에 대치한 귀문의 무인들은 사흑련과의 싸움을 위해 부상자들을 치료하고 무구를 손보고 있었다.

첫 번째 패배 이후 몇 차례 암살을 통해 그들 사이로 다시금 활기가 돌고 있었다.

귀왕 주량의 거처.

"으핫핫! 그래, 이곳에 있는 줄 어찌 알았는가?"

귀왕 주량이 호탕한 웃음을 터뜨리며 앞에 앉은 자에게 묻는다.

"그리도 격한 싸움을 하셨으니 천하에 소문이 다 났지요."

귀왕의 앞에 앉은 사내는 빙긋이 웃으며 말을 받았다.

"그래그래, 호쾌했지. 아마도 조만간 더 호쾌한 전투가 펼쳐질 게야."

무엇이 그리도 기분이 좋은지 귀왕 주량은 가득 부어진 술잔을 단숨에 입안에 털어 넣었다.

"이 사람, 진즉에 놀러 왔으면 내 귀하게 대접했을 텐데… 상황이 이러하니 용서하게."

"별말씀을요. 이만하면 진수성찬입니다."

귀왕의 처소에 시립해 있던 귀면탈의 사내들은 도대채 그가 누구기에 늘 싸늘한 표정을 짓는 귀왕이 이리도 웃음을 터뜨리는지 궁금하기만 했다.

"자, 들게."

"예."

귀왕과 술잔을 부딪친 사내는 바로 무명이었다.

"그래, 어찌 지냈는가?"

"여러 가지 일이 있었지요."

무명이 희미하게 미소를 지었다.

"한번 말해보게, 무슨 일이 있었는지."

"하하, 별일이야 있겠습니까? 이곳저곳을 돌아보다 참 많은 사람들을 만나고 많은 일을 겪었지요."

"그래, 자네가 이루고자 하는 무극에 대해서는 길을 찾은 것인가?"

주량의 말에 무명이 천무를 펼쳤던 해검지를 떠올렸다.

어쩌면 그것의 끝에 무극이라는 것이 존재할지도 모른다는 생각이 든 것이다.

주량은 대답하지 않고 웃기만 하는 무명의 모습에 고개를 끄덕거렸다.

열 마디의 대답보다 그의 미소를 통해 느껴지는 바가 더욱 많았기 때문이다.

"허, 그런 웃음이라니… 얻은 것이 있기는 있는 모양이구만."

"예, 아주 조금 느꼈을 뿐이지요."

"조금이라……. 하하, 겸손이군."

주량이 빙긋이 웃는다.

일전에 딱 한 번 만났던 무명이지만 그가 함부로 말을 내뱉는 성격이 아니라는 것을 충분히 느낄 수 있었다.

그가 조금이라고 표현하는 것만으로도 그 성취를 짐작할 수 있었다.

"이거 언제 비무라도 하고 싶어지는구만."

"비무요? 하하, 제가 상대가 되겠습니까?"

"이 사람, 별 소릴……. 내 생각에는 현 무림에서 자네만 한 상대는 없을 것 같은데? 안 그런가?"

"과찬이십니다. 제가 어찌……."

무명은 슬며시 미소만 지을 뿐이었다.

"그보다 혹 자당에 대해서 아십니까?"

주량은 분명 망해 버린 명의 마지막 후손이라고 했다.

또한 야랑의 음모를 파헤치며 일향이 그 황손의 어미라는 것을 알게 됐다. 어쩌면 주량이 일향의 아들일지도 모른다는 생각에 무명이 넌지시 물어본 것이다.

"우리 어머니?"

"예."

"글쎄……."

무명의 질문에 주량의 얼굴이 살짝 무거워졌다.

"훗, 그다지 기억하고 싶지 않군. 좋은 기억도 아니고 말이야."

"음……."

주량의 음성에서 약간의 분노가 느껴지자 무명은 더 이상 말을 꺼내지 않았다.

언젠가 분명 밝혀주어야 할 일 중의 하나였다. 하지만 아직 시기는 아닌 듯하여 무명은 화제를 돌렸다.

"죄송합니다."

"아닐세, 아니야. 무슨 뜻이 있어 한 말도 아닌 것 같으니……."

둘은 잠시 동안 말없이 술만을 들이켰다.

잠시 시간이 흐르고 주량이 자리에서 일어났다.

"이제 말해보게."

"예?"

"자네가 이유없이 찾아온 것은 아닐 것이라 생각하네. 관심이 없다고 해도 지금 자네가 이곳의 상황을 모르는 것은 아닐 테고, 앞으로 내가 나갈 길을 예측하지 못하는 것은 아니겠지."

"흠……."

주량의 단도직입적인 말에 무명이 가볍게 한숨을 내쉬었다.

"그렇군요."

주량의 성격이 직설적이라는 것을 알고 있었던 무명이 입가에 미소를 지우고 주량을 쳐다보았다.

"그럼 찾아온 이유를 말씀드리지요."

"말하게."

"멈춰주십시오."

"……!"

무명의 말에 주량의 표정이 굳었다.

"사흑련과 관계있는가?"

“아닙니다.”

“그럼 어찌 멈추라 말하는가? 내가 멈추지 않을 것임을 누구보다 잘 알고 있을 터인데.”

“무엇을 원하시는 것입니까?”

“무엇을 원하냐……. 하하, 글쎄… 무엇을 원할까?”

주량이 뒷짐을 지고 처소 밖을 응시했다.

잠시 후 그의 입이 열리고 낮은 목소리가 흘러나왔다.

“뒤엎을 생각이네.”

“무엇을 뒤엎으실 생각입니까?”

“무림… 그리고 이 나라일세.”

“어째서입니까?”

“어째서라……. 마음에 들지 않는다고 해두지.”

“설마 번천을 꿈꾸시는 겁니까?”

무명의 목소리는 잔잔했지만 무거웠다.

“번천이라……. 후후, 그럴지도 모르지.”

“이미 세상이 바뀌었습니다. 주인이 바뀌었구요. 또다시 주인이 바뀐다면 얼마나 많은 사람이 죽어야 하는지 모르십니까?”

“알지.”

“천자산을 돌아오며 보았습니다. 이곳에서 죽어간 이들은 아직 땅에 묻히지도 못했더군요.”

“음…….”

“계속하신다면 더 많은 사람이 죽을 것입니다. 쓸데없는 생명들 또한 희생될 것이구요.”

“그렇겠지.”

“멈춰주십시오.”

무명이 주량을 설득하듯이 재차 말했다.

“거절하겠네.”

“……”

주량이 무명을 돌아본다.

그의 눈에는 결의와도 같은 빛이 떠올라 있었다.

“나를 중심으로 수많은 꿈을 꾸는 자들이 뭉쳐 있네. 내 어깨에 그들의 꿈이 지워져 있지. 그래서 나는 멈출 수가 없다네.”

주량의 솔직한 심정이었고, 그 마음이 무명에게 전해졌다.

“그래도 멈추어야 합니다.”

“……”

주량이 무명을 가만히 쳐다본다.

무명은 주량의 시선을 피하지 않았다. 둘의 시선이 허공에서 복잡하게 얽혀갔다.

“훗, 역시 자네는 나의 적이 될 수밖에 없는 운명인 게로군.”

“아마도 그런 모양입니다.”

“하하하, 아깝네. 좋은 친구가 될 수도 있었을 텐데……”

무명은 대답하지 않았다.

"돌아가게. 다시 만난다면 자네를 적으로 간주하겠네. 그때는 한때나마 내가 마음에 담았던 벗으로 최선을 다해 자네를 죽여주지."

주량의 말은 진심이었다.

가는 길이 다른 벗에게 할 수 있는 최대의 예우였다.

"음……."

무명이 무언가 말을 하려 했으나 주량은 이미 귀를 막은 듯했다. 등을 돌린 채로 천자산을 바라보는 그의 뒷모습을 잠시 바라보던 무명이 천천히 자리에서 일어났다.

"알겠습니다. 돌아가겠습니다."

"음……."

"하나 한 가지만은 분명히 말씀드리겠습니다. 이 싸움에서 절대 원하는 바를 찾지 못할 것입니다. 결국은 손이 피에 흠뻑 젖은 채 아무것도 얻지 못하게 되겠지요."

무명의 얼굴은 목소리만큼이나 어둡게 느껴졌다.

무명은 한참을 주량의 등을 바라보다 발걸음을 떼었다.

한 걸음 한 걸음 힘을 주어 걸으며 입을 열었다.

"전 사흑련, 귀문, 정무협, 그리고 청나라와는 아무런 관계도 없습니다."

무명은 잠시 말을 끊고 주량의 옆으로 다가갔다.

"그들 간의 세력 다툼에 아무 관심도 없습니다. 그들이 싸우다 죽어간다 해도 저에게는 관여할 권리조차 없습니다.”

주량이 바라보는 천자산은 사흑련이 밝혀둔 홰가 모여 환한 대낮처럼 느껴졌다.

“하지만 지금부터는 최선을 다해 막아볼 생각입니다. 최대한 불필요한 희생을 막아내겠습니다. 그것이 사흑련이든, 귀문이든 가리지 않고 막아설 생각입니다.”

“……”

주량은 대답하지 않았다.

무명은 주량을 향해 공손하게 인사를 하고 귀문의 진영을 빠져나갔다.

어둠 속으로 사라지는 무명의 등을 바라보는 주량이 씁쓸하게 웃었다.

“그럼… 전장에서 보지.”

『무림군자』 제5권에 계속…

일류 新무협 판타지 소설

天魔帝
천산마제

내일을 기약할 수 없는 땅, 천산.
소녀로부터 은자 한 닢의 빚을 진 소년 용악.
청년이 된 용악은 천산의 하늘이 된다.

하늘을 가르고 땅을 뒤엎는다!
한 호흡에 만 개의 벽(壁)!!
지금껏 내게 이빨을 드러낸 것들은 모두 죽었다.

은자 한 닢의 빚을 갚으며 시작된
십천좌들과의 승부.
오너라! 천산의 제왕, 천산마제가 여기 있다!

유행이 아닌 자유추구 -
WWW.chungeoram.com
Book Publishing CHUNGEORAM

長虹貫日

장홍관일

월인 新무협 판타지 소설

세상은 언제나 정의가 승리하고,
그래서 사필귀정(事必歸正)이라고?

개소리!

세상은 나쁜 놈들이 지배하지.
그러나 그놈들은 아주 교활해서 절대로 나쁜 놈처럼 안 보이지.
현재 무림을 지배하고 있는 백도의 어떤 인간들처럼……

—떠나세요, 가능한 한 멀리.
—하나만 기억하세요. 일단 살아남아야 후일을 도모할 수 있습니다.
—떠나.

오랫동안 연락이 두절되었던 이들이 약속이라도 한 듯 찾아와
꺼낸 이야기들과 함께 시작되는 집요한 추적.
그리고 거대한 음모에 휘말려 억울한 누명을 쓴 채로
오직 살아남기 위해 필사적으로 도주하는 한 사내, 진가흔.

"왜 하필 나입니까?"
"자네가 가장 적당하기 때문이지."
"아시겠지만 그를 죽인 것은 제가 아닙니다."
"물론 알고 있네. 그런데 말일세… 그래도 그를 죽인 것이 자네라는
사실은 변하지 않네."

누구를 믿어야 할까.
적아도 명확하지 않은 상황에서 이유조차 모른 채 도주하던
한 사내의 역습이 시작된다.